AF469898

VUES

LES SOIRÉES DU DIVAN

22

VUES

par

HENRI DE RÉGNIER

de l'Académie Française

PARIS

LE DIVAN

37, Rue Bonaparte, 37

MCMXXVI

Il a été tiré de cet ouvrage :

Sur Japon Impérial : 15 exemplaires marqués, dans l'ordre des lettres de l'alphabet (A à O), et deux exemplaires hors commerce ;

Sur vélin de Rives : 100 exemplaires numérotés en chiffres romains (I à C), et 10 exemplaires hors commerce ;

Sur bel alfa bouffant : 800 exemplaires numérotés (1 à 800), et 50 hors commerce.

Vue sur Londres

Je suis debout sur le pont du bateau qui fend une Manche maussade dont le flot grisâtre s'étale sous un ciel à grains et à éclaircies. Il fait presque froid en cette après-midi de printemps morose et il vente assez vivement ; cependant l'état de la mer promet une bonne traversée, ce qui n'a pas empêché la plupart des passagers de chercher abri sur le pont inférieur. C'est là que s'adossent au bordage les fauteuils cannés et que s'entassent les valises et les sacs de voyage. Rien ne menace leur équilibre et cependant certains visages sont inquiets et quelque peu crispés. Les pas ne sont pas très assurés en se rendant au visa du passeport. Avant d'en venir à cette formalité, je suis resté au grand air à goûter le souffle marin. Je l'aspire en liberté, car je suis à peu près seul à déambuler ainsi et à regarder décroître la côte de France et se dessiner la côte anglaise. Dans une heure, — et pour la première fois, — j'aurai mis le pied sur le sol de la joyeuse Angleterre. En attendant, jouissons en paix de cette facile traversée.

Elle m'en rappelle une autre, moins aisée et plus longue. Je me souviens de l'âpre jour d'hiver où, il y a vingt-cinq ans, je m'embarquais pour l'Amérique. Je me rendais aux États-Unis pour y faire sept conférences à l'Université de Harvard et les répéter en de nombreuses villes américaines. M. René Doumic et le regretté Édouard Rod m'avaient précédé en cette tournée à laquelle m'avait appelé l'impérieux Brunetière. Or si j'étais assez incertain sur mes facultés de conférencier, je ne l'étais pas moins sur mes aptitudes marines. Quelques promenades en barque ne m'avaient pas suffisamment éclairé sur l'accueil que je ferais au roulis et au tangage de la haute mer. D'ailleurs, l'expérience que j'en allais tenter s'annonçait plutôt rude. L'Atlantique, en février, n'est pas particulièrement avenant et, depuis plusieurs jours, le vent faisait rage. Aussi fut-ce en pleine tempête que la *Normandie* qui nous portait quitta Le Havre. Je m'en aperçus, les jetées franchies, mais je fis assez bonne contenance, et, après quelques vicissitudes, je pus constater que j'étais doué du « pied marin ». Ce ne me fut pas inutile, car notre passage de l'Atlantique dura onze jours. Rien n'y manqua de ce que comporte une tempête en règle : vagues énormes, brouillard intense, à quoi s'ajouta un froid cruel, si bien que la *Normandie*, après ses onze jours de roulis et de tangage, arriva à New-York dans une tenue presque polaire, toute surchargée de blocs et de stalactites de glace. De telle sorte qu'auprès de cette traversée tempêtueuse et gelée la forte brise et les grains frigides de cette Manche de mai me semblent bénins et sans rapport avec la formidable « danse » atlantique d'il y a vingt-cinq ans.

Néanmoins, je n'ai pas conservé mauvais souvenir de ces tribulations nautiques et, par deux fois, depuis, j'ai repris la mer. Il est vrai qu'il s'agissait de croisières en Méditerranée, l'une, sur la *Velléda*, du feu duc Decazes ; l'autre sur le *Nirvana* de Mme la comtesse de Béhague. Toutes deux me conduisirent en Grèce, en Asie Mineure et à Constantinople. Grâce à elles, j'ai vu Brousse et l'Athos, Rhodes et Chypre, Candie et Malte, et Malte fut jusqu'à présent ma seule escale en terre anglaise. A La Valette, j'ai aperçu pour la première fois les tuniques rouges des beaux officiers joueurs de polo, et j'ai attendu une bonne vingtaine d'années avant de renouveler connaissance avec le territoire britannique. Je le fais aujourd'hui. Dans une heure je m'apercevrai, comme je m'en aperçus à Malte et aux États-Unis, que l'anglais que je tenterai de parler ne sera pas plus compris de ceux à qui je m'adresserai que je ne parviendrai à percevoir le sens de leur réponse. Tant pis ! je sentirai mieux le dépaysement que cause, dit-on, le contact avec les insulaires de Grande-Bretagne. Je serai davantage en un pays inconnu.

Et cependant, cette langue anglaise où je ne puis m'exprimer, je l'ai entendue autour de moi dès mon enfance. Le petit port normand où je suis né était en relations constantes avec l'Angleterre. Ses bateaux s'ancraient à notre quai, ses matelots et ses officiers y débarquaient. Il arrivait aussi des touristes. Les familles de Honfleur comptaient beaucoup d'amitiés anglaises. Je me rappelle, de ces temps lointains, des messieurs à peau claire et à poil roux, des dames à robes de tartan, de gentilles *misses*, mollets nus et cheveux épandus sur leurs épaules, avec de beaux teints éclatants ou délicats, des yeux bleus, des gaîtés brusques, qui s'appelaient Kate ou Nelly. Je revois des pelouses où l'on jouait au croquet, qui était alors presque encore un jeu anglais. J'entends les syllabes accentuées que proféraient les joueurs et qui me sont toujours demeurées verbalement mystérieuses, tandis qu'écrites leur sens m'apparaît aisément, car je lis et comprends assez bien l'anglais, l'anglais littéraire du moins.

Mes premiers rapports avec la langue anglaise me ramènent à l'époque où, petit garçon, mon père m'en donnait les premières leçons de lecture. Une de ces leçons est restée singulièrement présente à mon souvenir. J'étais assis devant une table, dans la maison que nous habitions à Honfleur. C'était par une sombre journée d'hiver, et de quel hiver, celui de l'année 1870-71. Il faisait froid et de la neige était tombée. Mon père était triste et préoccupé. Un grand bruit emplissait notre demeure. Elle était pleine d'officiers et de soldats, et nous leur en avions cédé la plupart des pièces. Il y avait des matelas étendus dans la salle à manger. Dans la cour, des attelages dételés battaient du sabot. A la cuisine, j'avais vu avec admiration un grand zouave barbu, la poitrine couverte de médailles, faire sauter dans la poêle une immense omelette. Tout était vacarme et désordre, et, en épelant les syllabes anglaises, je prêtais l'oreille aux conversations. On disait que les Prussiens approchaient et qu'on allait se battre. L'ennemi était à la poursuite d'un corps français, en retraite depuis l'affaire de Bussy, près de Rouen, et qui occupait actuellement Honfleur. La veille, j'avais vu mes parents enfermer certains objets précieux dans une grande caisse qu'on avait portée au bateau à destination de l'Angleterre. Je les avais vus placer des pièces d'or dans un vieux pot de géranium qu'on avait posé négligemment sur l'appui d'une fenêtre. Il y demeura lorsque, les Français partis les Allemands occupèrent la maison. Ce furent des hussards bavarois que l'on nous donna à loger. Il ne causèrent pas trop de dégâts. J'ai encore dans l'oreille le bruit des petits tambours et des fifres, accompagnant le pas saccadé de la colonne allemande qui occupa Honfleur. Elle y séjourna assez longtemps, l'armistice signé. Puis, mes leçons d'anglais furent interrompues, ma famille étant venue, d'Honfleur, se fixer à Paris.

Elles reprirent au collège et me procurèrent une certaine connaissance de la langue et de la littérature anglaises. Certes, souvent, j'eus recours aux traductions, mais souvent aussi, avec l'aide du dictionnaire, j'abordais les textes originaux. Les poètes surtout m'incitaient à cet effort. Il y a dans la poésie quelque chose d'intraduisible, et j'éprouvais un attrait de curiosité et d'admiration pour les admirables lyriques anglais qui s'appellent Shelley, Keats ou Swinburne, pour Browning et Rossetti. Que de fois, en les lisant, n'ai-je pas eu le désir de connaître la terre natale de ces enchanteurs, de respirer l'air qu'avaient respiré un Shakspeare ou un Byron, de voir les lieux qu'avaient décrits un Thackeray, un Dickens, un Meredith, et ceux qu'avaient peints un Constable ou un Turner, d'aborder la mystérieuse Angleterre, l'Angleterre des villes, des châteaux, des jardins, du feuillage et des eaux, et cependant, chaque fois que ce projet prenait quelque consistance, un obstacle imprévu s'y opposait. J'étais à la fois attiré et repoussé. La grande Ile me causait une sorte de méfiance, comme si la curiosité que j'en avais était combattue par une secrète antipathie. Etait-ce parce qu'enfant, j'avais détesté les bourreaux de Jeanne d'Arc et maudit les geôliers de Napoléon? Bref, l'Ile me semblait interdite par une espèce de sortilège.

Si l'Angleterre m'attirait ainsi et me repoussait, l'Anglais ne me déplaisait pas. Ce que ses romanciers, ses poètes, ses peintres m'avaient appris de lui m'intéressait. Les Anglais de Dickens, d'Elliott, de Meredith, ceux de M. Galsworthy et de M. Kipling m'étaient plutôt sympathiques, et ceux qu'il m'avait été donné de rencontrer confirmaient cette impression. Leur réserve et leur sens de liberté réciproque, leur entente simple et pratique de la vie, leur respect de l'individualité, et jusqu'à leur disposition à l'originalité, tout cela m'inclinait favorablement à leur égard. Certes, je n'ignorais pas les défauts avérés de la race, son égoïsme, son orgueil, mais j'en savais aussi les hautes qualités, son énergie, son endurance, son instinct de hiérarchie, son traditionalisme, son amour de l'archaïsme. Je me sentais curieux de vérifier par moi-même ces données, et je déplorais que, chaque fois que je m'étais trouvé sur le point de réaliser ce désir, un malicieux démon s'y fût malicieusement opposé.

Aujourd'hui enfin, ce démon a cessé ses malices ; au contraire, ne m'offre-t-il pas une agréable occasion de passer une quinzaine au delà du Détroit ? Il a aplani gracieusement tous les obstacles et prend, pour me faire agréer ses avances, une charmante et souriante figure. J'ai accueilli ses bons procédés, et me voici donc en pleine Manche, debout sur le pont de bateau où le vent souffle assez âprement. Ce souffle serait-il l'indice de quelque diablerie ? Le sournois génie qui a relâché ses consignes se repentirait-il d'avoir levé pour moi l'interdit insulaire ? Va-t-il revenir sur ses décisions et me faire payer à coups de roulis l'autorisation qu'il m'a donnée ? La Manche est perfide et brusque, et son flot est irritable. Ce ciel à grains ne me dit rien de bon, mais la traversée est courte et, peu à peu, je vois la côte anglaise s'élever à l'horizon. Bientôt je distingue la falaise de Douvres, où erra le roi Lear. Va-t-il venir me saluer, le vieux roi, pour me conduire dans la petite ville d'Angleterre où est né Shakspeare le Stratfordien ? Mais non, cette fois, je ne dépasserai pas Londres, ce Londres qui me fut si longtemps une cité interdite, et qui m'attend là-bas, au delà de cette côte maintenant de plus en plus distincte ; qui m'attend non par un de ses brouillards célèbres, mais dans tout l'éclat printanier et presque estival de sa « saison », celle où, m'a-t-on dit, l'atmosphère londonienne est le plus lumineusement vaporeuse, où le ciel se pare de beaux couchants sur la verdure des grands parcs et sur les berges de la Tamise, cette Tamise dont Turner et Whistler ont peint les changeantes fantasmagories.

Elle n'a, en revanche, rien de fantasmagorique, cette côte d'Angleterre qui, à mesure qu'elle se rapproche, se précise en son aspect et son détail. Bientôt nous en sommes assez près pour distinguer les jetées et les appontements du port de Douvres. Déjà la marche du bateau se ralentit, et les passagers commencent à s'agiter et à se préparer au débarquement, qui se fera, je pense, avec les mêmes formalités et le même tumulte que l'embarquement Nos valises nous seront enlevées par des porteurs pressés dont il faudra, à la douane, retrouver le numéro sans songer à en reconnaître la figure. On se coudoiera, on se bousculera sans ménagement, et tout ce manège quotidien aura l'air d'avoir lieu pour la première fois. Mais il est temps d'aller faire viser mon passeport par le fonctionnaire britannique établi à cet effet dans une cabine dont un policeman barre le seuil de son bras étendu, ne laissant pénétrer que un par un les voyageurs. La réponse faite aux questions posées, je me hâte de remonter pour assister à la manœuvre d'accostage. J'aime cette manœuvre. Elle est délicate et m'amuse toujours par ses hésitations apparentes et par sa stricte précision. Elle a des coquetteries et des ruses savantes, au bout desquelles le bateau finit par présenter son flanc aux passerelles, d'où l'on se précipite vers le train.

Il est là et il aligne le long du quai ses wagons et ses Pullmann. Ses wagons me semblent plus petits que les nôtres et les Pullmann sont d'élégantes voitures avec leur aspect de salon, leurs fauteuils de drap bleu, leurs tapis épais de même couleur, leurs tables d'acajou recouvertes de napperons, car c'est l'heure du thé. Un monsieur, à la même table que moi, prend le sien en lisant un journal aux nombreux feuillets. Me voici donc installé en face d'un gentleman anglais, dans un wagon anglais, roulant sur le sol anglais. De ce confortable fauteuil, à travers cette vitre bien lavée, je vais voir se dérouler le vert paysage herbeux ou feuillu du comté de Kent; j'apercevrai des prairies, des bois, des manoirs, des cottages, des fermes, des jardins, jusqu'au moment où Londres s'annoncera par ses noirs et populeux faubourgs, jusqu'au moment où je descendrai à la gare de Victoria Station et où, pendant deux semaines, j'aurai à ma disposition une ville de sept millions d'habitants avec le droit de la parcourir, de m'y égarer, de m'y perdre, de regarder ses boutiques et ses monuments, de visiter ses musées et d'observer ses passants...

La locomotive siffle et nous partons. Lentement le train longe une plage où déferle un flot grisâtre puis il côtoie une longue rangée de maisons. Construites en briques rougeâtres, avec des pignons découpés, elles sont d'une tristesse vaguement gothique en leur uniformité. En voici d'autres, d'autres encore. Voici des rues, des places, des bâtisses, des cheminées, des clochers, des toits, des toits, toute une ville que domine la voie du chemin de fer et qui offre soudain son étrange panorama, sa vue cavalière, une ville noire, verte et rouge, qui se profile à l'horizon, à la fois aplatie et denticulée, une ville qui est Douvres et dont on reçoit au passage une curieuse impression, une impression de singularité, de dépaysement, presque d'exotisme. On se sent vraiment « à l'étranger ». Et cette odeur de charbon, d'épices, de thé, de gingembre ! Et j'éprouve un plaisir rassuré à regarder un aimable et amical visage de voyageuse qui, à mon côté sourit vaguement, d'un sourire de France.

J'ai dîné. J'ai mangé un excellent *grape fruit*. J'ai dormi dans un lit passable, dans une chambre où la fenêtre est « à guillotine ». J'ai eu le bain et le breakfeast. Je déplie mon plan de Londres et je fais quelques pas sur le trottoir, devant l'hôtel. Je l'ai choisi dans un quartier relativement tranquille. Il est situé en face d'un vaste square, muni de grilles basses, avec de beaux arbres et de fines pelouses. Ce square est bordé de maisons assez pareilles, peu élevées, précédées d'un portique à colonnes. Cela a bon air. Ni balcons ni portes cochères, mais un aspect de dignité, de confort. Toute cette architecture est sans beauté, mais nullement déplaisante. Et puis on n'a pas ménagé l'espace. Trottoirs, chaussée sont de dimension imposante et commode. C'est large, aéré. Les rues spacieuses se prolongent loin. Il ne fera pas bon ici faire le piéton. Cependant, pour ma première promenade, je m'y hasarde. Je consulte le plan. D'autres squares y sont marqués. J'y lis Eaton Square, Belgrave Square, Cadogan Square. Là-bas Hyde Park où me mènera Sloane Street. En marche. De rapides autobus, des *buses*, peints en rouge et couverts d'affiches me dépassent, mais, ce matin, je les dédaigne. Je regarde les passants et les magasins. Voici un fleuriste, une agence théâtrale, une banque, un coiffeur, une fruiterie, un marchand d'antiquités. Cette flânerie me mène à un carrefour, à Knight's bridge. Là, l'aspect change. De hautes maisons à enseignes commerciales, un grand hôtel. Sur un terre-plein, en sous-sol, une station de métropolitain et un *lavatory*. Les véhicules de toute sorte se croisent, s'arrêtent, repartent au geste du policeman ganté de blanc. Une vie puissante afflue là et cause une impression d'ordre et d'activite. J'ai atteint Hyde Park Corner.

C'est un des centres vitaux de Londres. Une sorte de portique de marbre y donne accès dans Hyde Park et fait face au monument de Wellington, qui se détache sur la verdure de Green Park que prolonge Saint-James Park. Sur ce point la circulation est intense. Les policemen chargés d'en régler l'embrouillamini n'ont pas seulement des gants blancs, mais de demi-manches blanches. Celui qui préside au double passage des voitures sous l'arc d'entrée et de sortie de Hyde Park le fait avec une remarquable intelligence automatique. Je le considère avec admiration, mais ce que j'admire plus encore c'est, immobilisé à son geste, un *hansome cab* à la vieille mode, avec son cheval bien harnaché, son cocher juché haut, et, à l'intérieur, superbe, monumentale, se carrant derrière le tablier, une religieuse, en habit de son ordre, scapulaire au cou et cornette au front, une religieuse énorme et placide qui considère à travers de grosses lunettes le spectacle de ce bas monde. Amusante et comique image que j'emporte avec moi dans ma flânerie, au hasard des allées de Hyde Park.

On y pourrait marcher longtemps, mais ce qui me tente, c'est l'aspect divers des rues. C'est dans les rues que le voyageur qui ne mène pas à Londres la vie de société peut le mieux deviner quelque chose des habitudes et des âmes anglaises. Les visages et les gestes permettent certaines interprétations. Les magasins et les annonces renseignent à leur façon sur les goûts et les besoins publics. Ce sont ces impressions que j'ai cherchées dans les rues de Londres. Expériences forcément restreintes, car je n'ai parcouru que bien peu des artères de l'immense ville et cependant ne suffit-il pas d'avoir suivi le Strand et Fleet Street, d'avoir fréquenté Piccadilly et Oxford Street pour se rendre compte de la brutale et forte intensité de vie qui s'y agite? On y respire une atmosphère morale uniquement utilitaire et pratique. Quelque chose de matériellement prodigieux s'élabore devant ces façades bariolées de réclames et d'affiches, en cette foule rapide et taciturne. Tout y dit un gigantesque effort de volonté humaine. Ailleurs, Londres dégage un tout autre sens. Errons dans les quartiers dits aristocratiques de Mayfair ou de Belgravia, aux environs de Eaton Square ou de Berkeley Square, aux abords de Kensington Gardens. Des maisons s'y alignent, peu élevées avec leurs portiques à colonnes, leurs fenêtres étroites. Elles bordent de leur monotonie de larges rues, de spacieuses avenues. Parfois quelques demeures plus vastes et plus décoratives, certaines somptueuses où s'évoquent des existences de confort et de dignité. Ces régions sont celles de la fortune acquise et des situations familiales solidement et lentement établies, mais là, que d'écriteaux appendus qui indiquent que l'immeuble est à vendre ou à louer ! La guerre a passé par là. Les charges accrues, les revenus diminués par l'impôt exigent des sacrifices et l'écriteau s'ajoute à l'écriteau.

Ces deux aspects de Londres, du Londres des grandes affaires et du Londres des beaux loisirs, sont les plus vite familiers au voyageur, mais combien d'autres la ville énorme n'en présente-t-elle pas ! Au Londres aristocratique, au Londres bancaire, se joint un Londres ouvrier, un Londres maritime, dix Londres qui ont chacun leur caractère et que ne fait qu'entrevoir le passant. Pour visiter Londres, de ses sommets à ses bas-fonds, il faudrait un séjour de longue durée, et pour le parcourir en ses divers quartiers. Aussi entre toutes ses curiosités, le touriste doit-il choisir et se borner. D'ailleurs, des forces invincibles et mystérieuses le ramènent toujours à certains points. Toute ville a ainsi ses centres d'attraction. Picadilly-Circus, Trafalgar Square, Charing Cross sont comme des « plaques tournantes » auxquelles aboutit le touriste londonien. Joignez-y Hyde Park Corner et Marble Arch. Ce qui ne l'empêchera pas d'être assidu à Saint-James Street, à Pall Mall Street et de revenir plus d'une fois s'arrêter, dans Bond Street, aux devantures des magasins.

A ces fatalités urbaines, je n'ai pas échappé et n'ai pas cherché d'ailleurs à m'y dérober. Le meilleur moyen de connaître un peu une ville est d'obéir à ses injonctions, de s'abandonner aux usages de sa vie locale, de se confondre à son rythme circulatoire. Vous aurez ainsi quelque chance qu'elle ne vous repousse pas brutalement et se refuse à votre curiosité en lui demeurant inintelligible. J'ai donc repassé autant qu'il l'a fallu par Piccadilly-Circus et par Trafalgar Square, mais cette docilité apparente dissimulait une intention sournoise. Néanmoins, avant de la mettre à exécution, je m'occupais à visiter les principaux monuments de Londres. Or je dois avouer que cette revue m'a semblé plutôt décevante, quoique Londres possède autant d'affreuses statues et d'effigies commémoratives que toute capitale qui se respecte. Son architecture officielle n'est guère au-dessus du médiocre et les bâtiments qui abritent les grands services gouvernementaux, tant politiques que diplomatiques ou militaires, ne le dépassent pas non plus en qualité. La froide grandeur de la cathédrale de Saint-Paul, le gothique moderne et perpendiculaire du Parlement, la carrure médiévale de la Tour, la lourde solidité de Buckingham Palace ne portent pas à l'enthousiasme. Si l'abbaye de Westminster offre des cloîtres intéressants et une noble nef, quelques beaux tombeaux anciens et une curieuse chambre où l'on garde de curieuses figures de cire, que de laideurs dans le « coin des poètes »! Les œuvres de pierre ne sont pas belles à Londres. L'atmosphère humide et charbonneuse les enfume et les salit. Les œuvres de brique ne valent guère mieux; leur couleur rougeâtre s'encrasse de noires traînées. Des unes et des autres, se dégage une morne tristesse, qui deviendrait aisément sinistre, si leur ensemble ne servait de cadre à une vie active et puissante.

C'est dans cette puissance et cette activité de vie que consiste la beauté de Londres, dans l'abondante circulation pédestre, équestre ou mécanique qui anime ses rues, ses places, dans son vigoureux outillage utilitaire, dans sa profusion de banques, d'usines, de docks, de magasins, dans la multiplicité de ses comptoirs, dans la complexité de son organisme aux ramifications mondiales, dans sa fièvre méthodique de grande capitale moderne, dans l'impression de travail et de richesse que l'on ressent au spectacle que donne son mouvement, dans ce qu'elle a de regorgeant, de dynamique, de stable et de discipliné. Vu ainsi, Londres a sa grandeur et sa beauté, une beauté qui étonne et qu'on admire, mais une beauté aussi qui opprime et dont on éprouve le besoin de s'éloigner, parce qu'on sent qu'elle est faite d'un magnifique et pesant effort humain, d'une utilisation égoïste et brutale de l'individu, d'une impitoyable exploitation de l'homme par l'homme, et qu'elle cache sous sa splendeur de sombres bas-fonds de déchéance et de misère.

Ce Londres inférieur, je n'ai eu ni le temps ni la curiosité de visiter son sous-sol social, ses sinistres quartiers de taudis et de bouges où vit la population du crime et de l'alcool. C'eût été, il m'a semblé, offenser la pudeur de la grande ville si dignement accueillante que d'essayer d'entrevoir ses lamentables secrets. Cependant j'en garde deux images que le hasard m'a offertes. Je n'oublierai jamais, dans une des rues les plus fréquentées, l'apparition d'une de ces pauvresses comme en recèlent tant, paraît-il, les régions infortunées de Londres. Celle-là présentait le visage le plus tragiquement et le plus misérablement flétri que j'eusse jamais vu. Le chapeau, le châle effrangé, les bottines innommables faisaient d'elle un étrange débris vivant, quelque chose de si achevé dans son genre qu'on en était à se demander si l'on n'avait pas devant les yeux le chef-d'œuvre de quelque costumier. Mais non, le destin seul s'était chargé de dessiner cette maquette pitoyable, et c'était lui aussi qui, au coin d'une rue tranquille du quartier de Kensington, avait placé cette autre vieille femme, dans sa robe si décemment et si sagement usée, si convenablement et si comiquement coiffée, qui, le menton à son violon, en promenait l'archet sur les cordes distendues et semblait, au milieu de l'indifférence des passants, jouer pour elle seule la mélancolique, inutile, patiente et vaine chanson de sa vie.

Cette chanson de sa vie où l'on s'écoute soi-même, si les passants ne s'y arrêtent guère, c'est celle que se jouent les poètes et les artistes sur l'instrument de leur art, et Londres a eu de grands poètes et de grands artistes. Les Byron, les Shelley, les Browning, les Swinburne y ont vécu. Quincey y connut les joies et les tourments de l'opium. Que d'autres encore dont j'aimerais à aller saluer le souvenir, mais ce serait une revue de plaques commémoratives. Quand je serai rentré chez moi je relirai quelques-unes de leurs œuvres. Cependant je ne quitterai pas Londres sans être allé en pèlerinage littéraire à Chelsea. Ne fut-ce pas un des asiles des gens de pensée et d'art : Chelsea qu'ennoblissent les noms de Carlyle, de Turner, de Meredith, de Rossetti, de Whistler.

*
* *

Je monte sur l'impériale d'un des innombrables *buses* qui desservent tous les quartiers de Londres et sillonnent rues et avenues d'un passage presque ininterrompu. A peine un est-il passé qu'un autre est déjà en vue. Leur rouge et roulante silhouette est une des taches familières de la rue londonienne, comme celle que forme la rouge tunique des *horse-guards*. Ils sont serviables et brutaux, ces *buses*, et quelquefois, sur certains points particulièrement fréquentés, ils apparaissent en véritable troupeau. Celui sur lequel je suis monté file à bonne allure dans la longue rue offerte à sa course. Il fait beau. Le ciel gris des premiers jours s'est éclairci et la chaleur est venue. La ville a maintenant son aspect d'été. Cela se voit à la clarté de l'air et à la toilette des femmes, — qui ne redoutent pas les couleurs vives et crues. La mode anglaise a adopté les jupes courtes et les cheveux courts, mais nos Parisiennes en tirent mieux parti que leurs sœurs d'outre-Manche. Du moins c'est ce qu'il m'a semblé. Le voyageur doit se garder de jugements imprudents tout en se permettant des impressions sincères. En quinze jours de promenade, on ne doit pas se prétendre en état de formuler des considérations définitives. Tout ce qu'on en peut retenir, ce sont des images exactes et des vues rapides. J'avoue que, parmi tout ce modernisme, j'ai eu bien du plaisir à rencontrer parfois de vieux messieurs et de vieilles dames qui ont conservé les manières de s'habiller en usage au temps de la Reine Victoria et du Roi Edouard VII. Il y a dans le démodé un pittoresque mélancolique qui ne manque pas de charme...

Mais le *bus* a stoppé. Me voici dans King's Road, à l'Hôtel de Ville de Chelsea. Une longue et triste rue me conduira vers la Tamise. J'y arrive. Son quai est planté d'arbres et forme une sorte de promenade ombragée. A cette heure de marée basse, le fleuve ne coule pas à plein et découvre des berges vaseuses. Son eau grise semble presque immobile. En face, le parc de Battersea. De hauts bâtiments, usines ou docks, de hautes cheminées, mais un bel espace de ciel.

C'est cet espace que regardent les maisons qui bordent Cheyne Walk, entre l'Albert Bridge et le Battersea Bridge ; c'est cet horizon qu'ont contemplé Turner et Whistler. C'est dans une de ces maisons anciennes, ornées de ferronneries et de plantes grimpantes, que Dante Gabriel Rossetti a écrit ses beaux poèmes et peint ses mauvais tableaux. C'est là que Carlyle à passé de longues années. C'est dans une des rues proches que Meredith a composé *Richard Feverel.* Ce fleuve, ces maisons basses, cette antique petite église, avec ses tombeaux, ces quelques arbres sur un quai poussiéreux, c'est Chelsea, le Chelsea des Préraphaélites, le Chelsea des poètes et des peintres, le Chelsea dont a rêvé ma jeunesse, d'où Whistler s'en venait, mèche blanche au front, monocle au sourcil, badine à la main, sarcasme aux lèvres, pour nous apparaître à quelque mardi de Mallarmé, ce Chelsea d'où Oscar Wilde, au temps de sa gloire précaire, nous apportait ses œillets verts, ses paradoxes et sa prestance apollonienne d'un Apollon qui fut écorché par Marsyas.

*
* *

Cette Tamise de Chelsea, je la retrouve, à la *Tate Gallery*, dans un délicieux petit tableau où Whister a peint, avec ses pilotis, le vieux pont de Battersea. Certes Whistler est un grand peintre et un artiste délicieux, mais son art ne me promet pas beaucoup de surprises. En France nous sommes assez familiers de ses œuvres. Une exposition posthume à l'Ecole des Beaux-Arts nous montra un grand nombre de tableaux du maître. Nous avons vu le portrait de *Lady Archibald Campbell* et celui de *Lady Meux*, le *Sarasate* et le *Carlyle*, des marines, des harmonies, des nocturnes, ses toiles les plus whistlériennes. Ce n'est donc pas Whistler qui m'attire à la *Tate Gallery*, pas plus que nos peintres français dont elle contient quelques bons morceaux. Il est toujours agréable de revoir un Degas ou un Manet ou quelque exquis panneau du savoureux Alfred Stevens, mais ce ne sont pas ces noms qui m'appellent. Je vais vers certains autres qui excitèrent l'admiration de ma jeunesse. Je vais voir des Millais, des Rossetti, des Burne-Jones, des Watts. Je cours aux Préraphaélites. Quelle désillusion! Certes, leur art est intelligent, noble et subtil, plein d'intentions et de finesses secrètes; il a une rare qualité imaginative, mais que ces réalisations sont donc décevantes! Quelle froideur et quelle pauvreté! Quelle misère ou quelle prétention dans la couleur! Quel bric-à-brac que toute cette littérature picturale, où la beauté de la légende représentée rend encore plus faible l'interprétation qui nous en est offerte! Quel mauvais peintre, le charmant poète que fut Dante Gabriel Rossetti! Burne-Jones lui est pourtant supérieur, car on reconnaît au moins dans sa peinture la main d'un dessinateur élégant. Quant au singulier William Blake, ni la couleur ni le dessin n'embellissent ses visions prophétiques, ses allégories bibliques et, s'il occupe dans l'art une place à part, c'est sans doute qu'aucun art ne tiendrait à annexer cet inspiré dont l'inspiration s'exprime en horribles barbouillages et en figurations apocalyptiques.

Certes, il y a aussi de l'apocalypse et de la vision chez Turner dont la gloire lumineuse éclaire de ses splendeurs et de sa fantasmagorie les salles de la *Tate Gallery* qui sont attribuées à son œuvre immense et triomphale, car c'est une voie triomphale qu'à suivie le grand Turner, de son début à son parfait épanouissement. Ce triomphe de l'artiste, ses toiles l'attestent et le proclament. En homme qui sait tout de la couleur et de la lumière et pour qui elles n'ont plus de mystère ni de secret, Turner se joue de leurs paradoxes. Elles ne sont plus que la matière aérienne de son rêve, le tissu féerique de sa fantaisie. De ses études de réalité, de sa science de paysagiste historique, de ses imitations poussinesques, Turner s'élève à une interprétation souveraine de la nature. Il voit au delà de ce qu'elle offre à sa vue et il dispose à son gré des thèmes et des effets qu'elle lui propose. Il n'est pas seulement un maître du pinceau, il en est le magicien. Il ne peint plus, il « turnérise ». De cet art naissent des merveilles qui semblent provisoires tant elles sont absolues. Ces paysages, ces marines, ces forêts, ces fleuves, ces villes, ces Venise de perle et de sang, ces Londres sulfureux et chimiques, toutes ces vapeurs qui ont des formes, toutes ces formes qui ne sont faites que de lumière vivante, on dirait que leur miracle peint n'est que passager, que tout cela va se dissoudre, se disperser, s'envoler, n'existe que pour la surprise et la joie d'un instant et, que ces toiles devant qui le regard s'extasie reprendront bientôt leur blancheur originelle.

Cet art, à la fois éternel et fugitif, Turner ne l'a atteint que dans certaines de ses œuvres, mais cet art est le résultat de toute son œuvre qui est celle d'un grand travailleur et qui se double d'un nombre énorme de croquis, d'esquisses, d'ébauches, de notations qui vont de la plus stricte observation à une simple touche de pinceau, à une simple indication linéaire, et je ne sais rien de plus passionnant que cette documentation préparatoire ; mais il nous faut quitter cette *Tate Gallery* et aller à la *National Gallery*. Quelques-uns des plus beaux et des plus éclatants Turner nous y appellent, et puis n'est-ce pas un des « lieux saints » de la peinture ? Prenons ce *hansome cab* démodé qui stationne là sur le quai, le long duquel coule la Tamise. Installons-nous dans cette bizarre boîte roulante et dirigeons-nous vers Trafalgar Square où s'abritent d'autres chefs-d'œuvre.

Ils sont commodément, pratiquement, mais bien laidement logés, et le bâtiment qui les abrite est affreux, mais il contient un des grands trésors picturaux du monde. Les écoles d'Espagne, de Hollande, de Flandre, d'Allemagne, de France, d'Italie y sont royalement représentées en leurs ouvrages les plus rares et les plus beaux, les Ecoles de Hollande, de Flandre et d'Italie, plus complètement peut-être, mais des Velasquez et des Goya y attestent dignement l'art espagnol et des Lorrain et des Poussin ne desservent pas l'art français. Il est vrai que les Ecoles flamande et hollandaise, malgré leurs Rembrandt admirables, leurs deux Ver Meer, leurs Pieter de Hooghe hors pair, le cèdent aux Ecoles d'Italie. Elles s'y montrent en leur richesse et leur diversité, de leurs grands à leurs petits maîtres, de leurs primitifs ombriens ou florentins, à leur Canaletto et à leur Guardi, en passant par Vinci, Michel-Ange, Raphaël, Titien, Tintoret et Corrège. Mais comment énumérer même ses préférences, noter quelque Piero della Francesca, quelque Crivelli ? Ne vaut-il pas mieux fermer les yeux et se souvenir ?

Rouvrons-les cependant dans les salles de l'École anglaise. D'ailleurs, c'est presque faire connaissance avec elle. Si les Anglais voyagent beaucoup, leur peinture se déplace peu. Notre

Louvre est pauvre en Gainsborough, en Opie, en Hoppner, en Romney, en Raeburn, en Lawrence. Ils méritent qu'on les vienne admirer chez eux, ces grands portraitistes anglais dont le plus grand, le plus séduisant me semble bien Gainsborough, qui mêle à la représentation de la réalité humaine une sorte de fantaisie poétique. Que de charmants visages de femmes, de jeunes filles, d'adolescents, d'enfants ne nous rend-il pas poétiquement vivants en leur grâce ou en leur beauté ! Mais chez Reynolds ne les retrouverons-nous pas, ces visages, et aussi chez Romney ou Lawrence ? Ils sont le thème éternel et changeant de l'École qui mit son talent à nous laisser les effigies peintes des filles, des femmes, des garçons et des hommes de la vieille Angleterre.

Ces hommes, chacun de ces peintres nous les montre comme il les a vus, souvent dans le décor de leur existence ordinairement aristocratique, ou solidement bourgoise, avec les attributs de leurs fonctions d'État ou de leurs situations sociales. A côté d'eux sont leurs filles, leurs compagnes, à la mode de leur temps ou de leur goût. C'est toute une société qui revit sous l'habile pinceau de ces peintres, mais qui revit plutôt sous des aspects décoratifs que dans une vérité psychologique. Ces peintres ne semblent pas aller très loin dans les âmes ; ils se contentent des apparences et ne fixent que des sentiments assez généraux : gracieuses mélancolies féminines, coquetteries élégantes, réserves un peu hautaines d'une part ; de l'autre : expressions masculines de dignité, d'orgueil, d'honnêteté, d'égoïsme. On admire devant ces toiles la beauté du métier, l'entente heureuse de la composition, mais à qui les interroge elles répondent peu. On n'emporte d'elles que des images. Les vivants qui les ont motivées nous restent inconnus. En sortant de ces salles anglaises, j'éprouve le besoin d'aller revoir l'admirable *Arnolfini* de Van Eyck, ou le *Mahomet II* de Bellini ou la *Christine de Danemark* de Holbein.

Ce n'est point un chef-œuvre que le portrait de William Shakspeare que possède le *National Portrait Gallery*, mais il y apparaît comme un être humain et non pas comme l'étrange mannequin automate qui se trouve en frontispice au folio de 1624. Ce Shakspeare, le « Chandos

Shakespeare », est un homme un peu gros et un peu épais, au front très élevé et quelque peu piriforme, à l'œil proéminent, au menton lourd, à la bouche gourmande, à l'œil réfléchi. Il a une mine d'échevin. Mais ce Shakspeare est-il Shakspeare ou simplement le « Stratfordien » ? Demandons-le à Francis Bacon qui, non loin de là, se dresse en pied, dans un étrange costume de cour. Elle est d'ailleurs des plus curieuses, cette collection de portraits historiques et de personnages célèbres, parmi lesquels un bien comique Lord Byron, en costume albanais.

Si l'Angleterre à donné à la Grèce Lord Byron, elle lui a pris en échange les Marbres de Phidias. Lord Edgin se chargea de l'opération qui amena à Londres les métopes, les frises et quelques-unes des grandes figures sculptées au fronton du Parthénon. Elles y sont toujours et offrent aux visiteurs leur beauté exilée dans la morne salle du *Bristish Museum* qu'elles animent de leur vie captive, héroïque et divine, métopes et frises encastrées dans un mur rougeâtre et abritées de vitres protectrices. Seules les grandes figures mutilées bravent l'intempérie de l'atmosphère londonienne qui les menace de ses crasses subtiles. De ces nobles splendeurs du génie hellénique émane une morne tristesse en leurs magnifiques débris dépaysés. Je ne sais pourquoi les nombreux et beaux fragments d'art antique, qu'ils proviennent du tombeau des Mausole ou du temple de Phigalé, et dont s'honore le Musée Britannique, n'inspirent pas le même sentiment de mélancolie. On se promène sans malaise à travers les antiquités égyptiennes, assyriennes, babyloniennes, ninivites, gréco-romaines assemblées là, à travers les merveilleuses salles des *Vases* et des *Bronzes*, que complète la salle des *Ornements d'or et des Pierres précieuses* et où s'ajoute celle des *Terres cuites*. Il y a là une formidable accumulation de richesses d'art qui comprend aussi des salles asiatiques, bouddhiques et brahmaniques, des collections ethnographiques, des galeries de céramiques et de verreries et les richissimes bibliothèques du Roi et de Grenville.

La même accumulation, nous la retrouvons à ce *Victoria and Albert Museum* qui a pour annexe un musée des Indes. C'est, je crois, le plus grand Musée d'art décoratif du monde et on peut errer indéfiniment dans ses immenses galeries relatives à l'architecture, à la sculpture aussi bien qu'à la peinture et à la ferronnerie. Ouvrages de verre, de bois, de cuir, ameublements, tissus, tout s'y trouve, ordonné, numéroté, étiqueté admirablement. C'est un magnifique instrument d'instruction et de travail, mais aussi un lieu de fatigue où l'attention continuellement attirée et divisée ne peut suffire à l'effort que la curiosité exige d'elle. Aussi est-ce plutôt un musée de recherche que de visite. Cependant, comment résister à ses attraits multiples? Et ce n'est pas tout. Londres nous en offre encore d'autres, de ces musées, sans parler des collections privées. Négligerez-vous la *Wallace collection*, la *Dulwich Gallery*, le *Soane Museum*, la *Guildhall Art Collection*. Que sais-je encore?

*
* *

C'est un curieux endroit que ce *Sir John Soane Museum* à Lincoln's Inn Square. Son fondateur, architecte renommé, pourrait encore habiter la maison qu'il a offerte au public... Elle n'est pas grande, mais elle est encombrée, meublée avec plus d'originalité que de goût et présente un ensemble assez cocasse. C'est la maison d'un « amateur » qui a eu la chance de réunir, en même temps que nombre d'objets hétéroclites, deux belles vues de Venise de Canaletto, d'intéressants dessins de Piranèse et douze toiles de Hogarth, huit nous racontant la *Vie du Débauché* et quatre une *Election*. C'est pour elles que je suis venu. Elles sont exposées sur des panneaux mobiles que l'on fait mouvoir et qui, derrière elles, découvrent d'autres tableaux, d'ailleurs sans valeur. Déjà à la *National Gallery*, j'avais admiré de Hogarth, son *Mariage à la mode* et quelques beaux portraits d'une forte facture. Je le goûte assez, ce peintre moraliste et satiriste, mais qui sait peindre et qui fit avec tant de bonhomie le portrait de ses serviteurs dans un même cadre où il a immortalisé leurs fidèles visages. Et puis ne disait-il pas que la « ligne de beauté » est la « ligne serpentine », celle qu'en un mince fil de cuivre il avait fait incruster dans sa palette !

Si la maison de Sir John Soane est une maison d'artiste, Hertford House où est installée la *Wallace Collection* est une demeure seigneuriale. Seigneuriale aussi est la collection qu'elle renferme et qui, précieuse et magnifique à la fois, atteste le haut goût de ceux qui l'ont réunie : tableaux de l'École française et hollandaise, meubles admirables, bibelots sans prix, miniatures en toute la délicatesse de leur art minuscule, émaux, céramiques, et les belles armures, noircies, dorées ou niellées, qui alignent leurs corselets, leurs jambières, leurs casques et les lances, dagues, épées, armes de toutes les espèces ! On s'attriste un peu en songeant que toutes ces belles choses auraient pu ne pas quitter la France, à qui leur dernier possesseur, sir Richard Wallace, les proposa. Cela eût mieux valu que les charitables fontaines dont le grand amateur anglais gratifia la ville de Paris, et dont les édicules offrent au passant leurs eaux en des gobelets d'étain prudemment enchaînés.

Le temps passe et les jours s'enfuient. Cependant, je ne quitterai pas Londres sans avoir visité son Jardin Zoologique. Il occupe une parcelle de l'immense Regent's Park et y est confortablement aménagé. Son silence est troublé par le rugissement des fauves et les voix diverses des oiseaux. Muets dans leurs cages de verre, les serpents déroulent leurs anneaux engourdis d'où dardent des têtes vénimeuses. Sur un rocher artificiel, prudemment entouré d'eau, grouillent des nœuds de vipères, qu'escaladent en glissant d'aimables et attentifs petits lézards verts. Les caïmans et les alligators marécageux bâillent paresseusement. Dans l'aquarium, à travers la transparence du cristal, le monde mystérieux des poissons apparaît en ses formes ingénieuses ou étranges, élégantes ou terribles, cocasses ou fantastiques, en ses couleurs et ses nuances, en ses agilités, en ses somnolences, venu des Méditerranées, des Océans, des Mers australes pour étonner nos yeux de ses surprises sous-marines, de ses paradoxes animés, de sa vie taciturne et secrète. En ces galeries obscures, qu'éclairent seules les parois de verre révélatrices, on se sent bien loin de tout et perdu dans un labyrinthe enchanté. Peu à peu on en éprouve une sorte d'angoisse. On a envie de quitter ces régions de mystère et de reflets, de pierreries vivantes, d'émaux mouvants, de nacres gélatineuses, d'écailles opalisées, de monstruosités et de chimères ; on a envie de revoir la lumière du jour, de croiser des gens qui vont, viennent, parlent ; de voir un enfant donner du pain à un des éléphants qui, là-bas, agitent leur trompe en balançant leurs vastes oreilles.

Braves éléphants du « Zoo » ! C'est vous qui m'avez donné le désir d'aller jusqu'à Hampton Court. Deux des vôtres ne figurent-ils pas dans l'illustre *Triomphe de César* par Mantegna qui, du Palais de Mantoue, est venu trouver asile dans l'île brumeuse que conquirent à la puissance romaine les légions de la République. Elle est devant mes yeux, la procession triomphale que peignit à la détrempe le grand artiste mantouan. Elle déroule sa marche majestueuse : ses porteurs de trophées et ses licteurs haussant leurs faisceaux ; ses porteuses de corbeilles et ses porteuses de torches ; ses soldats, ses chars et ses éléphants caparaçonnés. Foule héroïque, dont il semble entendre la cadence exaltée et qu'anime l'esprit de Rome ; défilé consulaire et césarien, que dominent les lances et les haches, que survolent les aigles romaines; cortège de victoire qu'évoqua le grand Mantegna.

Le voici donc en sa pompe séculaire que le temps a quelque peu détériorée, mais qui s'impose par la beauté des lignes et la noblesse des attitudes. Une galerie basse l'abrite en ce vieux château royal de Hampton Court, qui dresse, au milieu de ses beaux jardins, son architecture de brique et ses vastes proportions remaniées, qui le font moitié résidence fortifiée, moitié palais de plaisance et où subsistent encore quelques pièces boisées du temps des Tudor. Le reste se compose des appartements royaux où s'accommodèrent les cours successives des Stuart et des Hanovre, suite de salles d'apparat qui ouvrent les unes sur les jardins, les autres sur une vaste cour qu'évente le jet en panache d'une fontaine jaillissante. On erre en cette enfilade, à la fois somptueuse et morne, où des portraits attirent le regard : souverains et souveraines, hommes de guerre ou hommes d'État, beautés de la Cour que peignit le peintre Lély. Au mur rêvent de singuliers miroirs. Ils sont étroits et hauts, appliqués entre les fenêtres, encadrés de torsades et enguirlandés de fruits de verre. Ils sont pleins d'une eau bleutée, infiniment profonde où les choses se reflètent avec un aspect mystérieusement nocturne et apparaissent dans une sorte de lointain fluide. Et ce qui les rend plus singuliers encore, ces miroirs fleuris, aux bleues profondeurs et aux glauques fascinations, c'est le grillage sous lequel ils sont emprisonnés à mi-hauteur, comme pour défendre contre leur attirance sournoise et leur dangereuse magie.

Mais laissons ces miroirs grillés et allons respirer l'air des jardins aux denses ombrages et aux longues perspectives d'allées, de pelouses, de ronds-points où chantent des jets d'eau, jardins mi à la française, mi à l'anglaise, avec de beaux vieux ifs et de belles jeunes fleurs et que ferment douze magnifiques grilles de ferronnerie, et aussi ce curieux petit enclos aux parterres dessinés par Henri VIII, le *Pond Garden*... En ces nobles lieux on aimerait à voir venir le soir de cette douce journée, mais l'heure s'avance et il va falloir regagner Londres et même le quitter, car le moment du départ approche et que de choses je n'aurai pas vues ! Ni Windsor, ni les jardins de Kiew, ni même la cathédrale de Saint-Paul, et bien mal la Tour !

Dernier soir et ensuite dernière matinée... Où dînerai-je? L'autre soir, le *New Princes* dans Piccadilly m'a laissé une impression plutôt mélancolique. Il est vrai que c'était un dimanche. Une vaste salle, d'une rare barbarie décorative, presque vide. Un jazz-band jouant pour deux couples de danseurs qui quittaient leur table un instant et y revenaient comme s'ils avaient accompli une corvée. Allons ailleurs. Où ? Dans quelque restaurant italien du Soho où je trouverai des spaghetti et du chianti ? Mais non, ne m'a-t-on pas indiqué une taverne de la Cité, dans Fleet Street, célèbre par son *rumpsteak*, ses *oyster puddings* et ses pâtés d'alouettes. Allons donc goûter à son *Famous Pie*. La maison est ancienne ; elle était le lieu favori de réunion du docteur Johnson et de Boswell. Le portrait du docteur Johnson occupe, en effet, la place d'honneur et domine la table où je m'assieds. C'est un endroit plaisant et pittoresque que ce restaurant du *Old Cheshire Cheese*. La bière y est bonne et le *Famous Pie* tout à fait remarquable. Il est tard et il y a peu de monde. Sur un perchoir jacasse un perroquet qui va se jucher parfois sur l'épaule d'un des garçons et lui becquète amicalement l'oreille pendant que je signe sur le livre des hôtes. Je préfère cette taverne à ces « clubs » privés par lesquels on tourne à Londres les règlements sur la vie nocturne et l'heure de fermeture des lieux de plaisir. On m'a emmené, un soir, à l'un de ces petits clubs où l'on n'est admis que sur présentation.

Dîneurs et dîneuses s'y groupaient sous la lueur des abat-jours roses, dans la fumée des cigarettes. Une danseuse et un danseur de profession y sont venus faire quelques « numéros » ; l'homme quelconque, la femme non sans une certaine grâce, maigre et anguleuse. On peut rester là jusqu'à une heure assez avancée de la nuit. Londres n'est pas une ville de « fête », malgré la forte prostitution qui l'envahit, le soir, de son errant et mélancolique troupeau de filles. Je les rencontre en rentrant à pied à l'hôtel, et je songe à cette Ann, touchante et maladive, qui fut pitoyable à Thomas de Quincey, et dont il nous conte l'histoire dans ses *Confessions d'un mangeur d'opium.*

Dernier soir, dernière matinée. Voici le dernier

soir passé ; que ferai-je des quelques heures qui me restent avant le départ? Il n'y a pas pour moi, à Londres, de ces lieux qu'on désire passionnément revoir avant de s'en éloigner pour longtemps, peut-être pour toujours. Ici, rien ne m'attire d'une façon irrésistible et je ne ressens pas cette angoisse du départ que j'ai éprouvée si souvent en Italie où mes dernières heures de séjour me brûlaient d'une sorte de fièvre et où, pour le dernier adieu, ma valise bouclée, je courais donner un dernier regard à tel aspect préféré. Ce regret mélancolique et déchirant, ici, ne m'assaille pas. Ah! ces départs de Venise, les derniers pas que l'on fait sur les dalles de la place Saint-Marc, le dernier coup d'œil que l'on jette, en descendant de la gondole, au seuil de la gare, sur le dôme verdâtre de San Siméon le Petit! Ici le départ ne consiste qu'à prendre un train. On n'y laisse rien de son cœur. Et cependant ne soyons pas ingrat. Londres a sa beauté, et cette quinzaine passée à l'entrevoir me laisse d'agréables souvenirs. Je m'en aperçois en cette matinée, finale. Où la passerai-je? A la *National Gallery*? Mais non, il y a un musée que je n'ai pas vu encore, qui s'appelle le *London Museum*; allons-y prendre congé de Londres.

Il est installé dans une belle vieille demeure, dont les fenêtres ouvrent sur le Saint-James Park : Lancaster House. Un noble escalier, de belle proportion, conduit aux salons où sont exposés maints objets curieux se rapportant à l'histoire de Londres. On y voit des portraits, des bijoux, des médailles, des autographes, la Bible de Cromwell et des costumes, et des gants, et des chaussures, et des éventails, et des reliques de la reine Victoria, mais je suis mal attentif à ces curiosités. L'heure du départ approche. Rentrons. Le voyage est fini et déjà je commence à me souvenir.

L'équipage du bateau sur lequel je quitte Douvres est composé de matelots français. Il fait un temps radieux et la mer est d'une calme douceur. Bientôt, la côte se dessine à l'horizon. J'éprouve à la revoir le même plaisir que je ressentais, il y a vingt-cinq ans, quand le paquebot qui me ramenait d'Amérique fut en vue du port. C'était aussi une belle journée... L'estuaire de la Seine s'ouvrait harmonieusement. J'apercevais le Havre et, en face de lui, Honfleur, au pied de ses vertes collines (Havre de Grâce, Côte de Grâce), Honfleur où je suis né. Aujourd'hui, la rive où j'aborderai ne réveillera rien dans mon esprit, mais une vieille image d'autrefois l'occupe. Les matelots, que je vois passer sur le pont, me rappellent le vieux marin honfleurais qui, lorsque j'étais enfant, m'accompagnait en mes promenades au Mont Joli ou sur la jetée. Il me fabriquait pour jouets de minuscules bateaux et, pour m'amuser, il me chantait des chansons. Il en est une qui me revient à la mémoire et dont voici le refrain qui était comme un écho populaire des antiques rivalités normandes et anglaises, car il disait, ce refrain, que le chanteur rythmait avec conviction, il disait :

Les Anglais n'auront pas
La tour de Saint-Nique, nique,
Les Anglais n'auront pas
La tour de Saint-Nicolas.

Il est vrai qu'ils ont beaucoup d'autres choses...

Verlaine

J'ai sous les yeux l'édition fac-similaire du manuscrit original des *Odes en son honneur* de Verlaine. Certes ces odes ne sont pas, parmi les œuvres du poète des *Fêtes galantes*, une de celles qui lui font le plus d'honneur. Elles appartiennent à la période secondaire et même tertiaire de son talent et se placent dans le même groupe que les *Chansons pour elle*, les *Élégies* et *Chair*, c'est-à-dire parmi les recueils verlainiens dont on se passerait le plus aisément. Ces productions, si faibles qu'elles soient, n'en sont pas moins, il faut le reconnaître, d'une excellente technique. Verlaine, poète délicieux et pathétique, fut toujours un versificateur, de l'habileté la plus retorse et la plus roublarde et, cette habileté technique, il la conserva jusqu'à la fin. Mêlée de tics, de manies, elle persiste en ces recueils des dernières années du rimeur vieillissant et leur donne un intérêt que ne leur vaudraient pas leur rabâchage et leur assez misérable inspiration.

J'avoue que j'ai feuilleté avec plus de curiosité que d'émotion ce manuscrit des *Odes en son honneur*. Il en eût été autrement si ces feuillets eussent contenu les exquises vignettes des *Fêtes galantes*, les tendres images de *la Bonne Chanson* et des *Romances sans paroles*, les admirables poèmes de *Sagesse*, les belles poésies de *Jadis et Naguère* ou de *Amour*. C'est là, en effet, qu'est le Verlaine que nous admirons et que nous aimons et non dans ces *Odes*, dont le manuscrit constitue à tout le moins un curieux document verlainien. Il est écrit sur des papiers de provenances diverses, la plupart portant l'en-tête de l'Assistance publique; les pages salies et maculées où s'aligne un texte rempli de ratures, de renvois, sont contenues dans une sorte de couverture empruntée à quelque journal illustré. On y voit, se disloquant à un trapèze, cabriolant et gambadant, des squelettes en bonne humeur. Cette imagerie macabre avait dû plaire à Verlaine. On a volontiers à l'hôpital, l'esprit carabin, et ce fut à l'hôpital que furent composées la plupart des *Odes* adressées par le pauvre Lélian à la demoiselle Philomène Boudin, sa maîtresse.

***

J'ai plus d'une fois visité Verlaine à l'hôpital, et en particulier à l'hôpital Broussais, où il fit de longs et fréquents séjours, mais ce n'est pas là que je l'ai connu. J'avais publié, en 1886, une mince plaquette de vers intitulée *les Lendemains*, et je la lui avais envoyée. Cet envoi m'avait valu en réponse quelques lignes aimables. Ces premières lettres d'encouragement et de bon accueil sont de mémorables événements dans la vie d'un jeune homme, et celle que je venais de recevoir de Verlaine me causa une vive joie. Elle m'autorisait à aller lui en témoigner ma gratitude, et ce fut dans ce sentiment de reconnaissance que je m'acheminai vers la Cour Saint-François, où logeait alors Verlaine.

La chambre qu'il occupait était au rez-de-chaussée et à côté de la boutique d'un marchand de vin. Lorsque j'arrivai, Verlaine était en train de boire un verre au comptoir. Au bout d'un instant, je le vis venir. Déjà, à cette époque, il traînait la jambe, et tel qu'il m'apparut ce jour-là, tel je l'ai toujours vu. Durant une quinzaine d'années où je le rencontrai à diverses reprises, je n'ai pas remarqué en lui grand changement physique. L'âge avait peu de prise sur ce singulier visage au vaste crâne dénudé, aux pommettes saillantes, au nez camus, aux yeux obliques et bridés, à la mauvaise barbe rare. La maladie, les excès et les misères ravagèrent ce masque saturnien et socratique sans trop le modifier. Dans le Verlaine de l'hôpital Broussais, dans le Verlaine des cafés du Quartier, j'ai toujours retrouvé le Verlaine de la Cour Saint-François, le Verlaine qui me fit asseoir sur une des deux chaises de sa pauvre chambre et dont j'entendis pour la première fois la voix rauque et grasse, la parole narquoise et méfiante, les propos obligeants certes, mais dont il n'y avait pas à retenir grand'chose et qu'il interrompit par la lecture d'un sonnet sur *Parsifal* qu'il venait de composer pour la *Revue wagnérienne*.

*
* *

Je le revois à l'hôpital Broussais. Mon ami le docteur Florand m'y emmenait parfois, et, pendant qu'il faisait la visite de son service, je me rendais dans la salle où se trouvait Verlaine. Il est au lit, soutenu par des oreillers, assis sur son séant, coiffé d'un bonnet ou d'un foulard. Sa chemise entr'ouverte laisse voir une poitrine velue. Velus aussi les bras à demi sortis des manches d'une chemise de grosse toile. Sur la table de nuit, un pot de tisane, un encrier, des paperasses. Sur les draps, étalés, d'autres paperasses, des journaux. Au chevet du lit, à côté de la fiche d'entrée, une pancarte est fixée sur laquelle, en lettres d'imprimerie découpées et collées, on peut lire ces mots : *Plaignez le pauvre Lélian !* Verlaine est très fier de cette pancarte et de cette invocation. Il cause, comme il sait causer, par boutades, qu'il souligne d'un geste ou d'une grimace. Sa conversation est en même temps geignarde et hargneuse. Il est plein de petites rancunes, de petites susceptibilités. Il va des uns aux autres, il interroge sur ceci, sur cela, daube sur son éditeur qui lui refuse

« des argents », puis en revient à lui-même, à ses maux. A Broussais on est très bon pour lui, mais il s'ennuie, malgré les gentillesses, les journaux, les tabacs que lui apportent les amis...

A ce moment, on pose dans un bain glacé un typhique qui hurle.

Il va bien, ce soir. Il est sorti récemment de l'hôpital. Il a touché quelques « monnaies ». Il a un pardessus très convenable avec même un peu de fourrure aux manches, un beau cache-nez rouge. Il tient sa grosse canne, car son genou est toujours raide. Il est venu chez l'ami Mallarmé, qui lui fait fête avec la délicieuse cordialité qu'il sait mettre à accueillir ses hôtes du mardi soir. Verlaine est assis sur le rocking-chair. Devant lui est placé un grog fumant avec une large tranche de citron. Verlaine est gai. Il a des gestes de vieil enfant, des gaîtés paysannes. Soudain, il se rembrunit. Une expression mauvaise contracte son visage. Le voici haineux et méfiant. Puis, sur un mot de Mallarmé, sa physionomie s'éclaircit. Il rit, il plaisante, il blague Moréas... et plusieurs fois avec une satisfaction visible et naïve, il répète l'adage qu'il vient de trouver : *Moréas mediocritas ! Moréas mediocritas !*

* * *

C'est dans une rue du Quartier Latin, aux environs du Musée de Cluny, je ne puis préciser où. Un hôtel d'étudiants. Je monte un escalier obscur jusqu'à l'étage que l'on m'a indiqué. Dans le couloir je cherche le numéro de la chambre. M'y voici. La clé est dans la serrure ; je frappe. Rien ne répond... Je frappe encore. J'entends un vague grognement. J'hésite. Le grognement reprend ; je pousse la porte, j'entre. La chambre est minable. Des rideaux fripés pendent aux vitres de la fenêtre entr'ouverte. Un souffle de vent agite les rideaux du lit. Sur le lit un homme est étendu, tout habillé, sur le dos. La face camuse, à la barbe rare, aux yeux bridés et clos, au crâne énorme, est d'une couleur de vieille cire d'un jaune vert. Elle est terrible et pitoyable, cette face, en sa rigidité ; sur le front, une mouche est posée. Je me suis approché, j'ai regardé un instant dormir Verlaine et je suis parti, le cœur serré.

Je pourrais encore noter bien d'autres rencontres, mais elles n'ajouteraient rien à l'impression que j'ai gardée de Verlaine. Il ne m'a pas été donné de pénétrer dans son amitié. Enfermé dans son étrange vie, il y avait en lui quelque chose d'inaccessible pour ceux qui ne faisaient que l'approcher et dont le genre d'existence était sans rapports de bohème avec la sienne. Il se tenait vis-à-vis d'eux sur une sorte de défensive madrée. J'ai toujours eu, en face de Verlaine, cette impression d'être regardé de lui avec cette méfiance orgueilleuse d'homme traqué. L'admiration la plus sincère qu'on lui témoignait, les égards avec lesquels on l'abordait, rien ne pouvait modifier cette attitude. Les rencontres d'hôpital ou de café n'y changeaient rien Il était ainsi. Assis à ses côtés sur quelque banquette du « Vachette » ou du « Voltaire » ou dans cet estaminet faisant le coin de la rue Soufflot et du boulevard Saint-Michel, qu'il fréquentait volontiers, on était toujours loin de lui. Il ne permettait pas que l'on oubliât sa singularité de « Poète maudit »! Une des dernières fois, la dernière même que je l'aperçus, c'était rue de Médicis. Il longeait la grille du Luxembourg et, par instants, s'accrochait de la main à un des barreaux. Sa grosse canne ne suffisait pas à le maintenir en équilibre sur sa jambe malade. En me voyant, il s'arrêta m'adressa quelques mots et il continua sa route titubante vers l'Odéon. Je m'éloignai dans la direction opposée. J'allais, à quelques pas plus loin, chez Leconte de Lisle. Les deux poètes se détestaient. Un jour, ils entrèrent ensemble sans se saluer dans le même débit de tabac. Leconte de Lisle en sortit le premier. Verlaine, resté maître du terrain, s'adressa à la buraliste : « Vous voyez bien ce monsieur qui vient de sortir, eh bien, c'est le vieux comédien Mélingue ! » Verlaine se vengeait par cette plaisanterie, qui n'avait rien de très drôle, du dédain monoculaire de Leconte de Lisle. C'étaient tous deux de grands poètes, mais ils ne buvaient pas à la même coupe ; tous deux avaient connu les durs contacts de la pauvreté et les avaient subis l'un avec une hautaine dignité, l'autre dans une sorte de basse camaraderie.

Heredia

Il vient un âge où notre vie est plus dans le passé que dans le présent. Les souvenirs y tiennent une grande place. Celui de José-Maria de Heredia est un de ceux auxquels je me reporte le plus volontiers. L'autre jour, où l'Académie agréait la fondation du prix qui portera son nom, et qui sera le « Prix du Sonnet », je me rappelais ma première visite au poète des *Trophées*. A cette époque, je ne connaisais de lui que les sonnets publiés dans le *Parnasse* et ceux qu'avait cités Jules Lemaître dans son étude. Je les admirais. Aussi fut-ce avec empressement que j'acceptai qu'Ephraïm Michaël et Bernard Lazare me conduisissent rue Balzac.

Cette première visite doit dater de l'année 1888, et ce devait être au printemps. Bernard Lazare et Ephraïm Michaël vinrent me chercher chez moi. Je me rappelle qu'après une averse le soleil brillait dans le ciel clair. D'ailleurs, j'ai gardé de cette journée une impression de lumière et de joie. Arrivés rue Balzac, nous montâmes au quatrième étage. La porte ouverte, on nous introduisit en une pièce ensoleillée et enfumée, pleine de monde. Quand nous entrâmes, Heredia était debout. Je me souviens du brun, beau et affable visage, de l'accueil chaleureux, de la main cordialement tendue. Je me sentis soudain rassuré et à l'aise. Heredia me parlait de mes poèmes, y blâmant certaines nouveautés et en admettant quelques-unes. Il s'exprimait avec feu et bonne grâce. Parfois il allait à la cheminée, soulevait le couvercle d'un bol d'étain qui lui servait de pot à tabac, bourrait une pipe de merisier à long tuyau droit, l'allumait et revenait à la discussion. Je remarquais sa main fine et très petite. Il portait un veston, une chemise à col rabattu. Il parlait avec animation. Le geste soulignait la parole, qu'arrêtait parfois une légère hésitation. Quand je partis, il me frappa sur l'épaule, m'invita à revenir le voir. J'étais séduit, étonné, un peu ahuri, charmé de tant de bienveillance, d'entrain, de bonhomie noble et de haute politesse. J'étais conquis.

***

Je suis revenu si souvent dans ce cabinet de la rue Balzac que je peux le décrire exactement. C'est là que nous avons connu le véritable Heredia, le Heredia plein de santé, de verve, de jeunesse. C'est là que nous avons le mieux écouté sa parole éloquente et sonore. Plus tard, à l'Arsenal, il souffrait déjà du mal qui devait l'emporter. Il ne retrouvait plus que par instants sa magnifique fougue verbale. Ce fut rue Balzac qu'il nous apparut vraiment lui-même. On l'y trouvait le samedi.

Du vestibule, une sorte de galerie conduisait au cabinet de travail. C'était une pièce carrée, pas très grande. De chaque côté de la fenêtre étaient placées des bibliothèques ouvertes, peintes en blanc. Sur la cheminée, une pendule de Boule en écaille rouge incrustée de cuivre, divers objets, des pipes dans un panier japonais, le bol à tabac, des lettres sur lesquelles était posée, en guise de presse-papier, une plaquette de bronze florentin représentant Hercule. Dans la glace étaient insérées des cartes de visite et des invitations à dîner. En face de la cheminée, une grande table Louis XVI en acajou et à baguettes de cuivre, chargée de livres et de papiers amoncelés, d'un buvard, d'un encrier, de plumes d'oie trempées d'encre violette, d'un presse-papier fait de trois boulets d'argent auprès de deux bronzes de Barye, l'un représentant un tigre dévorant un caïman, l'autre le combat de l'Homme et du Centaure. Heredia tenait beaucoup à ce bronze que sa mère avait acheté directement à Barye et qui était une pièce de choix, revêtue d'une très belle patine.

Les murs de ce cabinet étaient tendus d'un papier argenté sur lequel étaient accrochés des cadres. Au-dessus de la table se trouvaient *la Belle Viole*, d'Henry Gros en cire coloriée, et du même Gros, un médaillon de la *Reine Isabeau*, accompagné d'un paysage de Jules Breton, de toiles de Lansyer, et d'une eau-forte de Bracquemont, d'après Gustave Moreau. Sur un autre panneau, au-dessus d'un divan que recouvrait un tapis d'Orient, d'autres cadres étaient suspendus. Près du divan se dressait une petite bibliothèque basse dont la tablette supérieure supportait deux sabres japonais, un kriss malais et quelques livres anciens à reliures de vélin. Sur ce même panneau était placé l'émail de Claudius Popelin, où l'Ancêtre, le Conquistador Pedro de Heredia, le fondateur de Carthagène, des Indes, était figuré sous les traits du poète. Un troisième panneau offrait deux calques de Delacroix : *l'Éducation d'Achille* et *Orphée*, et une gravure en couleur de Mlle Duthé.

Le mobilier de ce cabinet se complétait d'un certain nombre de sièges : un fauteuil de bureau Louis XV, canné, à coussin de cuir brun, deux petites chaises de cuir, deux grands fauteuils Louis XIII recouverts de velours rouge, un autre fauteuil Louis XV qui était généralement occupé par un croulant amas de livres et de revues. Heredia s'asseyait d'ordinaire dans un des grands fauteuils rouges, mais, le plus souvent, il se tenait debout. On fumait beaucoup chez lui. Il offrait des cigares, jamais de cigarettes ; lui, bourrait et rebourrait sa petite pipe. La fumée montait en nuage vers le lustre en verre de Venise qui pendait au plafond... Quand le soir venait, la femme de chambre apportait une lampe qu'elle posait au coin de la cheminée où, l'hiver, brûlait un feu de bois.

Il venait beaucoup de monde, le samedi, chez José-Maria de Heredia, mais il y avait des habitués qui y passaient une partie de la journée, et je fus vite de ceux-là. Par sa franchise, son amabilité, sa cordialité, Heredia donnait l'impression que cette assiduité n'était pas indiscrète, ce qui se trouvait vrai jusqu'à un certain point, car il était extrêmement sociable et communicatif, et on se laissait aller à une habitude qui n'était pas seulement agréable mais qui devenait un attrait puissant. Heredia exerçait une sorte de fascination. Elle résidait dans sa personne même. On aimait en lui un homme généreux, serviable et bon. Il dégageait une influence de joie, de sécurité, d'énergie. Son assurance en face de la vie et de l'art était un spectacle réconfortant. Sa certitude encourageait. Son optimisme était bienfaisant. Nul mieux que lui ne savait louer avec délicatesse et critiquer avec bienveillance, allier la politesse et la franchise. Conscient de sa valeur, il reconnaissait volontiers celle d'autrui.

Littérairement, et quoiqu'il eût en art des idées personnelles très arrêtées, il était d'une intelligence singulièrement libérale et compréhensive. Son jugement était impartial et les conseils qu'il donnait toujours justes et pratiques. Il faisait preuve d'un admirable sens critique, soit qu'il appréciât la plus humble des œuvres contemporaines ou les plus authentiques chefs-d'œuvre du passé, la pièce de vers d'un débutant ou le poème d'un maître. C'était toujours un plaisir de l'entendre parler de littérature. Il possédait une lecture immense, secondée par une belle mémoire. Il s'exprimait sans pédantisme et avec une liberté chaleureuse. Et puis il avait connu tous les auteurs modernes que nous admirions. Il avait vu Gérard de Nerval et Baudelaire, dîné chez Victor Hugo. Aussi bien que les plus célèbres, il avait fréquenté les écrivains les plus bizarres et les plus hétéroclites. Il abondait d'anecdotes, de souvenirs. Avec cela très au fait de la société parisienne, il en savait de curieuses histoires.

Il lui arrivait aussi de parler de lui-même, et il le faisait avec une sorte de bonne foi naïve qu'on lui a bien souvent et bien à tort reprochée.

Son œuvre lui causait un contentement dans lequel n'entrait aucune vanité, mais il aimait l'approbation et se la donnait à lui-même, comme il la donnait à tout ce qui lui semblait bien et beau. S'il récitait un de ses sonnets, c'était pour faire partager à l'auditeur le plaisir qu'il y prenait, et aussi pour se renseigner. Ce parfait critique était docile aux observations. Toute remarque juste, d'où quelle vînt, l'arrêtait. Il modifiait continuellement ses vers, faisant part de ses hésitations et de ses scrupules. Je le revois, tenant à la main une de ces grandes feuilles de hollande sur lesquelles il écrivait, à l'encre violette, de sa belle écriture noblement et élégamment ornementée, et lisant. Il lisait bien, faisant valoir chaque vers. Parfois un bref arrêt suspendait la venue du mot qui éclatait plus sonore de la difficulté surmontée. Puis il recommençait, s'interrompait, proposait une variante, discutait le choix d'un terme. La feuille passait à la ronde, de main en main ; il la reprenait, notait une correction qui ajoutait sa rature à celles qui couvraient déjà le laborieux feuillet.

*
* *

Parfois José-Maria de Heredia évoquait des souvenirs de sa famille et de sa jeunesse. Chassés de Saint-Domingue par la Révolution dominicaine, les Heredia y avaient abandonné de grands biens, et, lorsqu'ils s'établirent à Cuba, leur ruine était complète. Le père du poète, Don Domingo, était résolu et laborieux, et il refit sa fortune par son travail. Quand il mourut à soixante-trois ans, il possédait dans l'île une grande exploitation. C'était, au dire de son fils, un homme froid et taciturne. Il avait été destiné à entrer dans les ordres, devant succéder à un oncle, archevêque de Saint-Domingue, mais la Révolution noire l'avait rejeté dans le siècle. De cette éducation, il avait conservé l'habitude de réciter son bréviaire. Le soir, à l'heure du coucher, on menait le petit José-Maria lui dire adieu. Il trouvait son père marchant de long en large, le missel aux doigts. Le père tendait la main à l'enfant, qui la baisait et recevait de lui la bénédiction. Don Domingo mourut en mer, au cours d'un voyage qu'il avait entrepris pour venir se faire soigner en France.

Swinburne et Heredia

On sait où l'amour des autographes conduisit le célèbre Vrain-Lucas. Ce trop ingénieux érudit fabriquait, avec un bien singulier mélange de rouerie et de naïveté, des lettres écrites de la main des plus illustres personnages de l'histoire, tels que Christophe Colomb et Mahomet, Marie Stuart ou Charles-Quint. Je crois même qu'il alla jusqu'à en composer une de Marie-Madeleine à Jésus-Christ, témoignant ainsi d'un médiocre souci des vraisemblances. Ce qui est plus singulier encore c'est que cet extravagant faussaire trouvait des amateurs pour acquérir ces pièces, contre lesquelles leur nature même eût dû mettre en garde les dupes qui en devenaient les heureux possesseurs. Néanmoins, cette merveilleuse opération eut une fin. La fraude découverte, le fraudeur se suicida.

L'affaire fit du bruit en son temps, mais elle ne ralentit pas le zèle des collectionneurs. Nous le voyons, de nos jours, en pleine recrudescence. L'autographe est aujourd'hui en haute faveur.

De cette faveur, j'en retiens pour preuve la revue récemment fondée et qui est entièrement composée de pages manuscrites d'écrivains d'autrefois et d'auteurs contemporains, ainsi que de nombreuses publications de textes reproduits par procédés phototypiques ou photographiques. Certaines ventes récentes ont également montré le prix que les collectionneurs attachent à posséder certains ouvrages, de l'écriture même de ceux qui les composèrent. Le moindre bout de papier portant de ces écritures désirables provoque des enchères animées et respectables. Les lettres participent, comme de juste, à cette engouement. Elles trouvent preneur et trouvent place dans les cartons des amateurs de documents épistolaires.

Récemment en feuilletant, dans le Catalogue

de vente des manuscrits de Pierre Louys, la partie consacrée aux lettres autographes, je me suis arrêté au numéro 168, qui signale des lettres adressées à l'auteur d'*Aphrodite* par le poète anglais Algernon Ch. Swinburne à propos d'une publication de poème dans la revue *la Conque*. Cette mention m'a rappelé que je possédais une très longue et intéressante lettre de Swinburne à José-Maria de Heredia. Je viens de la retrouver dans le tiroir qui l'abritait, et la pensée m'est venue de la faire connaître aux lecteurs de *la Revue de France*, en y joignant quelques brefs commentaires explicatifs.

Je voudrais d'abord pouvoir dire où et comment José-Maria de Heredia fit la connaissance de Swinburne, mais je sais seulement que ce fut à Paris qu'eut lieu la rencontre. La singularité physique de Swinburne avait vivement frappé Heredia, et il me le dépeignit plus d'une fois avec sa tête au vaste front et à la chevelure abondante, trop forte pour les proportions du corps, l'agitation nerveuse de ses membres, sa marche saccadée et comme dansante, son aspect bizarre et quelque peu diabolique. De ses relations avec Swinburne, il restait à Heredia, avec le souvenir visuel que je viens de noter, la lettre que je vais transcrire et qui n'est pas datée. Elle ne porte ni timbre ni aucune mention postale. Elle dut être remise au poète, telle qu'elle se trouve entre mes mains, c'est-à-dire ouverte, car il ne semble pas qu'il ait été fait usage de la partie gommée de l'enveloppe... Cette enveloppe est blanche et porte ces mots à l'encre noire : M. de Heredia. A l'intérieur sont pliées trois feuilles doubles d'un papier de petit format, couvertes d'une écriture très ferme et très appuyée, et signées. En voici la teneur. La lettre est en français.

***

« Je ne sais comment mieux remercier M. de Heredia de la peine qu'il a bien voulu prendre à mon égard, et du plaisir que j'ai reçu des généreuses louanges dont il accompagne ses bons conseils, qu'en infligeant encore à sa bienveillance cette autre peine que je lui donne en cet instant où je lui soumets de nouveau les vers qu'il a honorés de sa critique si flatteuse pour moi, refaits de mon mieux d'après ses indications. Il va sans dire que j'ai soigneusement remplacé toutes les expressions qu'il a signalées comme incorrectes ou comme douteuses. C'est parce que je sens profondément la vérité de ce que dit M. Burty, — à qui je dois aussi des remerciements bien sincères, — *qu'il ne faut pas se montrer au public*, et surtout au public français, en *barbare*, que je m'enhardis de l'approbation que M. de Heredia veut bien accorder à mon sonnet pour le Tombeau de Théophile Gautier, pour lui demander la grâce de me faire savoir si l'ode, ou plutôt l'odelette, que j'ai aussi essayé d'écrire à ce sujet, peut espérer de passer aussi bien que son compagnon après avoir subi l'examen d'un poète et critique français. La hardiesse de cet essai et l'ambition d'y réussir lui sembleront peut-être plus pardonnables ou tout au moins plus explicables qu'ailleurs chez un Anglais qui a dans les veines du sang français et chez qui le désir d'être admis, ne fût-ce qu'en passant, chez ses confrères français comme hôte plutôt que comme étranger, peut se fortifier et s'expliquer par ces traditions de famille séculaires qui lient à la France plusieurs d'entre les vieilles maisons stuartistes et catholiques d'autrefois, dont les membres ont cherché l'asile à la suite des guerres civiles sur la terre hospitalière, pour en rapporter en revenant de l'exil les sentiments et les idées de leur pays d'adoption, et l'amour de cette autre patrie où étaient nés leurs fils ainsi que leurs femmes, et qui de colonie anglaise en France devinrent pour ainsi dire colonie française en Angleterre. Chez moi du moins, je puis dire que ce sentiment quasi filial envers la France ne s'est jamais ni effacé ni émoussé, et j'espère que cette digression tant soit peu égoïste se fera pardonner en faveur de l'excuse dont elle peut servir à l'audace de la tentative qu'elle essaie de justifier.

« J'arrive enfin au sonnet refait, auquel je crois avoir donné maintenant cette régularité absolue dans la disposition des rimes qui lui manquait. En même temps, j'ai eu soin d'en distinguer les parties d'après la règle française en mettant un point à la fin du dernier vers de chaque quatrain, ainsi qu'un point et virgule après le premier tercet.

Comme un fleuve qui donne à l'océan son âme,
Je verse (1) *entre vos mains, d'où le vers tonne et luit,*
Ton drame épique et plein de tumulte et de flamme
Où vibre un siècle éteint, où flotte un jour qui fuit.

Un peuple qui rugit sous les pieds d'une femme
Passe, et son souffle emplit d'aube, d'ombre et de bruit
Un ciel âpre et guerrier qui luit comme une lame
Sur l'avenir debout, sur le passé détruit.

Au fond des cieux hagards par l'orage battue,
Une figure d'ombre et d'étoiles vêtue
Pleure et menace et brille en s'évanouissant ;

Éclair (2) *d'amour qui blesse et de haine qui tue,*
Fleur éclose au sommet du siècle éblouissant,
Rose à tige épineuse et qu'arrosa (3) *le sang.*

(1) « Je n'ai pu mieux trouver que ce mot de *verse*, j'*apporte* ou je *mets* me paraissant très faible ; et puisque M. de Heredia ne le trouve pas impossible, je me suis passé ce mot peut-être bizarre. »

(2) « J'ai ôté l'expression *d'une figure qui va s'épanouissant*, parce que M. de Heredia la remarque comme n'étant pas d'une bonne langue, et parce que je n'ai pas trouvé d'image tirée d'une *fleur* qui peut remplacer le mot de *rayon* et rattacher l'idée d'*épanouissement* à celle de la *fleur éclose* deux siècles plus tard. Je me suis donc contenté de substituer au mot *rayon* le mot d'*éclair*, qui s'applique peut-être mieux aux deux idées mêlées de la haine et de l'amour. »

(3) « Dans ce dernier vers, j'ai remplacé *rougit* par *arrosa*, afin de donner au trait final du sonnet, comme le désire M. de He-

« Venant à la *Chanson*, je passe les strophes dont M. de Heredia a bien voulu ne dire que des choses flatteuses et je commence par la troisième, dont j'ai refait les vers qu'il trouve obscurs... »

Je passe l'examen de la *Chanson*, qui n'est pas parmi les meilleurs vers français du grand poète anglais et j'en arrive à la fin de sa lettre :

« Je crains vraiment, écrit-il, d'avoir fatigué la bienveillance de M. de Heredia : il ne me reste plus qu'à lui demander pardon et à lui rendre grâces une fois de plus des paroles cordiales et généreuses dont il veut bien m'encourager à suivre un chemin où sans cela j'aurais pu craindre de m'être engagé avec trop de hardiesse. C'est cet encouragement qui me donne aujourd'hui la confiance de lui demander encore

redia, quelque chose de plus personnel et de plus accentué. Cependant, le mot de *rougit* ne me paraît pas ici tout à fait impropre, si l'on veut bien se souvenir que l'emblème des Stuart fut la rose blanche et que, sous ce rapport, le mot de *rougit* porte pour ainsi dire sur deux idées à la fois : celle du sang que fit verser Marie Stuart pendant sa vie, et celle de son propre sang répandu par ses ennemis. C'est pourquoi s'il paraissait à M. de Heredia, comme poète et comme critique, que cette allusion donne au mot de *rougit* l'effet caractéristique et l'accent d'énergie qui lui manquent, je serais tenté de le remettre à sa place. »

un mot pour me dire si je peux maintenant espérer d'avoir purgé mes vers de toute incorrection avant de les livrer au public ; car, comme il le comprendra bien, je ne sens que trop, et comme homme et comme artiste, que, si ces vers ne sont pas *impeccables* en fait de style aux yeux des grammairiens, il ne saurait y avoir pour moi que ridicule à les soumettre aux yeux et à la risée des lecteurs intelligents et sévères.

« A. C. SWINBURNE. »

Je laisse à mieux au fait que je ne le suis de l'œuvre de Swinburne le soin d'établir si a paru et où a paru le *Sonnet* au sujet duquel l'illustre auteur des *Poems and Ballads* a écrit à l'auteur des *Trophées* la lettre qu'on vient de lire et qui est certainement postérieure à l'année 1872, où mourut Théophile Gautier. Swinburne y fait, en effet, allusion au *Tombeau* poétique que les poètes d'alors érigèrent littérairement au maître d'*Emaux et Camées*. A cet hommage auquel contribuèrent notamment Victor Hugo et Stéphane Mallarmé, Swinburne prit part avec plusieurs poèmes qu'il a insérés dans la seconde série de ses *Poems and Ballads.* J'ai le volume sous les yeux ; j'y trouve une pièce en anglais intitulée : *Memorial verses on the death of Théophile Gautier*, une *Ode* et un *Sonnet* en vers français ainsi qu'une élégie latine : *In obitum Theophili poetæ.* J'y lis aussi un *Nocturne* qui ne semble pas se rapporter au même sujet, mais je n'y rencontre ni la *Chanson* consignée dans la lettre à José-Maria de Heredia, ni le *Sonnet* où le poète évoque en cette :

Rose à tige épineuse et qu'arrosa le sang

le souvenir de la belle et tragique reine d'Ecosse, chère à son cœur « stuartiste ».

Page sur Debussy

Il y avait en 1890, au numéro 9 de la Chaussée d'Antin, une étroite boutique dont la devanture offrait au passant un étalage de livres, accompagnés de tableaux et de gravures d'un symbolisme qui ne laissait aucun doute sur les tendances de la maison. Cette boutique avait d'ailleurs déjà un passé littéraire. Edouard Dujardin y avait installé les bureaux de la *Revue Indépendante*, et ces bureaux avaient reçu plus d'une fois la visite de Stéphane Mallarmé, de Villiers de l'Isle-Adam, de Paul Verlaine, de Jules Laforgue. Cette brillante collaboration n'avait pas cependant suffi à assurer la durée de la publication d'Edouard Dujardin qui, passée aux mains de François de Nion, avait abandonné la Chaussée natale où l'éditeur Edmond Bailly avait établi son « Comptoir d'édition » devenu bientôt la « Librairie de l'Art Indépendant », d'où sortirent plusieurs volumes maintenant non sans rareté et qui portent pour marque un médaillon ovale encadrant la figure d'une sirène dessinée par Félicien Rops, avec la devise : *Non hic piscis omnium*.

Cette boutique de la Chaussée d'Antin n'était pas un lieu ordinaire. La porte poussée, on se trouvait en présence d'une forte dame à cheveux blancs, d'un petit homme barbu à lunettes d'or, et d'une chatte noire. La chatte noire s'appelait Aziza. La dame à cheveux blancs était Mme Edmond Bailly, le petit homme à lunettes d'or, Edmond Bailly lui-même. Or Edmond Bailly, personnage singulier, n'était pas seulement éditeur, il était occultiste et musicien. Il composait des mélodies et rédigeait une revue de science ésotérique. J'ajoute qu'il était poète et qu'on le disait ancien artilleur de la Commune, mais il n'était resté révolutionnaire qu'en poésie et en musique et c'était pour satisfaire ce goût qu'il publiait des ouvrages de symbolistes. Aussi fus-je un de ses auteurs, et les auteurs d'Edmond Bailly entretenaient avec lui d'excellentes relations, de même qu'il en avait de fort bonnes avec l'au-delà ! La boutique de la Chaussée d'Antin servait souvent de point de réunion et de lieu de rencontre à un petit groupe d'écrivains au nombre desquels je me trouvais. On allait chez Bailly causer de littérature. Parfois on y interrogeait les esprits au moyen d'une sorte de trépied en bois auquel les mains imposaient des soubresauts alphabétiques. Edmond Bailly dirigeait les expériences tout en caressant la chatte Aziza. Parfois il se dérangeait pour satisfaire un client qui s'en allait en emportant sous son bras soit l'*Upanishad* du grand Aranyaka, traduit du sanscrit par Ferdinand Hérold, soit l'*Antre des Nymphes*, de Porphyre, traduit du grec par Pierre Quillard, soit les *Chansons de Bilitis*, de Pierre Louys, soit la *Damoiselle élue*, de Claude-Achille Debussy, que Bailly avait luxueusement éditée.

Je ne sais si ce fut à la Librairie de l'Art Indépendant que je rencontrai pour la première fois Debussy, mais quand je pense à lui je l'y revois volontiers. Il entrait de son pas pesant et feutré. Je revois ce corps mou et nonchalant, ce visage d'une pâleur mate, ces yeux noirs et vifs aux paupières lourdes, ce front énorme singulièrement bossué sur lequel il ramenait une longue mèche crépue, cet aspect à la fois félin et tzigane, ardent et concentré. On causait. Debussy écoutait, feuilletait un livre, examinait une gravure. Il aimait les livres, les bibelots, mais il en revenait toujours à la musique, parlant peu de lui-même, mais jugeant avec sévérité ses confrères. Il n'épargnait guère que Vincent d'Indy et Ernest Chausson. De ces conversations je ne me rappelle rien de bien saillant. Il tenait des propos d'homme intelligent. Il intéressait, en conservant toujours quelque chose de distant, d'évasif. Je l'ai rencontré très souvent et je l'ai très mal connu, en l'admirant très sincèrement. Je ne fus jamais lié avec lui, comme il le fut avec Pierre Louys.

Ce fut chez Pierre Louys que j'approchai Debussy le plus près ; Louys habitait alors, rue Grétry, une vieille maison dont les appartements ouvraient sur l'escalier par des portes rembourrées. Il y occupait plusieurs pièces meublées avec goût et déjà pleines de livres. Presque chaque jour, Debussy venait rue Grétry où je me trouvais souvent. Souvent je l'ai vu s'asseoir au piano. Je l'ai entendu jouer ses mélodies baudelairiennes, des fragments de *Tristan* et presque tout *Pelléas*, à mesure qu'il le composait. Malgré mon ignorance en musique, j'eus le sentiment qu'une importante œuvre musicale naissait, et que l'auteur de *Pelléas* était un musicien de haut avenir. A la répétition générale de la pièce, ce sentiment se confirma. J'eus l'impression nette d'une entrée dans la gloire. A partir de cette époque, je n'ai plus revu Debussy qu'à des intervalles assez irréguliers, mais toujours nous demeurâmes en des termes très amicaux, et quand, le jour de ses obsèques, je suis allé saluer sa mémoire, ce ne fut pas seulement en hommage au grand musicien, mais aussi en souvenir du Debussy de la rue Grétry et de la Chaussée d'Antin.

Adieu à René Boylesve

Je le revois, comme au jour où j'eus l'honneur et le plaisir de répondre à son discours de réception à l'Académie ; je le revois, élégant et mince en son habit vert hautement et sévèrement boutonné, avec son expressif et fin visage, d'une maigreur si intelligemment accentuée. J'entends encore sa voix grave et précise, la façon dont elle obéissait au rythme des phrases souples et substantielles, soucieuse de leur donner tout leur sens et toute leur portée. René Boylesve lisait bien et avec aisance. Il ne marquait aucune timidité à cet exercice public, et il avait raison, car il se sentait véritablement à sa place et chez lui en notre Compagnie. Il y était entré tout naturellement et d'un consentement presque unanime. Il y avait été appelé par le caractère même de son talent et par les goûts de son esprit, par ce qu'il y avait en lui de traditionnel et de mesuré, de raisonnable et d'ingénieux.

Ce caractère si français, si à nous, de la personne et des écrits de René Boylesve, j'avais essayé de le définir dans les pages de bienvenue où je répondais à sa harangue, et, en les parcourant ce soir, je ne puis qu'acquiescer de nouveau et pleinement au jugement qu'elles portaient sur l'œuvre du romancier qui fut un des maîtres du roman contemporain et y montra des qualités originales et neuves quoiqu'elles restassent déférentes aux lois d'un genre dont il possédait la technique en ses nuances les plus subtiles. A l'époque où René Boylesve fut appelé par le suffrage de l'Académie au fauteuil laissé vacant par la mort de Mézières, il nous avait donné déjà la plus grande partie de cette œuvre. N'avions-nous pas déjà de lui *Mademoiselle Cloque* et *La Becquée*, *Le Bel Avenir* et *L'Enfant à la Balustrade*, *Mon Amour* et *Le Meilleur Ami*? Nous avions aussi *La Leçon d'Amour dans un parc*, c'est-à-dire un ensemble très un dans sa diversité apparente et où se mêlaient, à des degrés différents, les dons de l'observateur et du moraliste qui complétaient chez René Boylesve le romancier et auxquels s'ajoutaient la délicate ironie et l'aimable fantaisie du conteur.

Car s'il nous venait du pays où l'on conte, René Boylesve nous venait également de celui où l'on observe, aussi sont-ce les mœurs de notre temps que nous trouvons peintes et décrites dans ses romans, tantôt les mœurs de la province, comme dans *La Becquée*, tantôt les mœurs de Paris, comme dans *Madeleine jeune femme* ou dans cette curieuse *Elise* qui est un des livres les plus « forts » qu'ait signés l'auteur de *Tu n'es plus rien*, le Boylesve de l'après-guerre qui semblait chercher dans la réflexion et un demi-silence un renouvellement qu'il attendait de son expérience littéraire, de plus en plus attentive à des possibilités romanesques qu'elle entrevoyait déjà.

Quoi qu'il en eût pu être, René Boylesve fût très probablement démeuré fidèle au roman de mœurs. A ce propos, remarquons que celles de notre temps, il ne les a pas peintes et décrites sans une pointe de satire et une touche de dédain. S'il eut un sens très aigu de « l'époque » il conserva toujours le goût et le respect du passé, des vieilles façons de vivre et de penser. Tout en se montrant curieux de toutes les nouveautés il n'y participa en esprit qu'avec réserve et prudence, et comme sur la défensive. Cette défensive, cette prudence, cette réserve, je les rencontre en lui dans ses rapports avec les faits moraux, sociaux ou littéraires. L'intelligence de René Boylesve s'étendit à tout, mais il s'en tint à lui-même, moins par égoïsme, que par crainte de se laisser fausser par quoi que ce fût. Il vécut, pensa, écrivit à la Boylesve.

Ce fut ainsi que nous le connûmes et l'aimâmes et qu'il restera présent à notre souvenir. C'est ainsi que je le revois, sa tâche faite et sa destinée d'homme et d'écrivain accomplie. Il a quitté l'habit vert où je l'évoquais tout à l'heure, et, d'un geste d'adieu, il a roulé les feuillets de son discours. Le voici qui rentre dans son hospitalière et charmante maison de Passy, soit pour y recevoir quelques amis et les charmer par la politesse spirituelle et sage de ses propos, soit pour reprendre dans la solitude son travail ou sa rêverie. Il a regagné son cabinet où tout est en bon ordre comme dans son esprit. Là, il s'assied à son bureau après un regard aux livres qu'il aime et qui garnissent les rayons des murs. Puis, il se penche sur la page qu'il couvre de sa minutieuse et haute écriture. De ce qu'il écrit, il jouit et souffre, car sa sensibilité est toujours à vif. Les heures passent, René Boylesve travaille, mais le jour baisse, voici le soir. C'est alors qu'il descend dans son jardin. Il s'y promène à pas lents. Il écoute une aile d'oiseau, regarde une feuille qui tombe, cueille une rose... Il attend que paraisse au ciel la première étoile, celle sous laquelle il est né, qui a fait de lui ce qu'il est, ce qu'il a été jusque dans le délire de l'agonie, ce qu'il ne pouvait pas ne pas être, ce qu'il fut pour l'honneur des lettres de France, un écrivain français.

A Stamboul au temps de Loti

1904-1906

I

C'est notre première nuit d'Orient et c'est une nuit de mai.

Le yacht *Velléda* est ancré au bout de la presqu'île que forme le mont Athos, devant le petit port que domine le couvent de Lavra. Le ciel est d'une pureté merveilleuse, tout étincelant d'étoiles, et un mince croissant de lune y recourbe son éclat d'argent vif. La mer est calme. Sur les pentes de la montagne les rossignols chantent à la pointe des cyprès. Je songe à la journée qui vient de s'écouler et à la rude montée au couvent grec de Lavra. Ses hautes murailles gardent derrière leur massif appareil un peu du passé de la Byzance dont nous allons chercher les images mutilées dans ce Stamboul qui fut Constantinople et que nous verrons bientôt apparaître en ses prestiges romantiques et romanesques, en sa turquerie encore pittoresque.

Mais aujourd'hui la Turquie s'est montrée à nous sous un aspect plus humble, en la personne de deux soldats turcs, modeste garnison de la forteresse en ruine qui défend le petit port de Lavra et mire dans l'eau claire de la crique ses murs délabrés. Ces gaillards, d'aspect famélique et passablement déguenillés, firent bien quelques difficultés pour nous laisser aborder, mais on finit par s'entendre et nous pûmes bientôt enfourcher les ânes qui devaient nous porter jusqu'à la « laure » de Lavra. Le chemin pour y arriver n'est pas facile. C'est un sentier parsemé de galets de marbre, un sentier étroit, abrupt, longeant le vide, vertigineux, mais que nos petits ânes, malgré force glissades un peu inquiétantes, ont gravi avec une habileté et une sûreté de sabots admirables. La montée vers Lavra est assez longue, car le monastère est situé à un point assez élevé de l'Hagion Oros d'où l'on découvre une merveilleuse vue de mer. Il est très ancien, ayant été fondé par saint Athanase. De fortes murailles l'entourent, où s'adossent à l'intérieur les logis des moines. Nous y avons pénétré par une lourde porte, garnie de solides serrures et fermée d'énormes verrous, et nous avons parcouru successivement plusieurs cours. Au milieu de l'une d'elles une fontaine s'écoule dans une vasque de marbre entre deux magnifiques et vénérables cyprès. Les bâtiments sont anciens et curieux. On nous a conduits d'abord à l'église. Elle est décorée de mosaïques et son trésor possède quelques beaux objets byzantins. Le moine qui nous guide est corpulent, jovial et chevelu ; il nous a fait traverser d'autres cours encore, puis, arrivés devant une porte, il a tiré une clé de sa poche et nous a introduits dans la bibliothèque. Des livres poussiéreux en chargent les rayons. Voici des Évangiles byzantins précieusement enluminés et un traité des plantes de Dioscoride, orné de figures botaniques et d'archaïques personnages. Après cette halte à l'ombre, nous avons retrouvé au dehors le soleil brûlant. Le gros moine s'épongeait le front et nous l'avons suivi avec plaisir dans une salle fraîche où l'on nous a fait asseoir sur des divans pour savourer le verre d'eau glacée et les confitures traditionnelles.

Toujours escortés du gros moine hilare et serviable, nous sommes descendus vers la mer par un autre chemin qui, le couvent contourné et ses hautes murailles, sinuait à travers des prairies en pentes raides, parsemées de rochers de marbre, rafraîchies de clairs ruisseaux d'eau courante. L'ardeur cuisante du soleil s'était apaisée. Nous avons rencontré des moines travaillant à la fenaison. Avec leurs robes retroussées, leurs mouchoirs noués autour de la tête, leurs faces poilues, ils avaient l'air de femmes à barbe. Nous sommes arrivés ainsi jusqu'à la crique où nous attendait le canot. Les deux soldats turcs n'étaient plus là, mais le vieux fort mirait toujours dans l'eau sa carrure délabrée, en attendant l'heure de la nuit étoilée, de la lune courbe et des rossignols.

Nous avons passé les Dardanelles, entre des côtes jaunes et plates. A Chanak, d'inoffensifs cuirassés turcs étaient à l'ancre. Puis, toute la journée, nous naviguons dans la mer de Marmara. Elle est sillonnée d'étranges voiliers, aux gréements compliqués et aux formes archaïques, de ces navires comme on en voit sur les vieilles estampes, qui font penser aux pirates barbaresques, aux « caravanes » des chevaliers de Malte, aux exploits de Canaris et aux *Orientales* de Hugo, qui font songer d'esclaves captifs, d'abordages et de brûlots... Des bandes d'alcyons volent au ras de l'eau, mélancoliques et singuliers oiseaux qui errent sans repos, à ailes pressées, et qui semblent porter on ne sait où de mystérieux messages !

*
* *

Il est six heures du matin. Nous sommes debout sur le pont. Derrière ce voile de brume, Constantinople est là ! Le yacht avance lentement sur une mer douce et lisse. Rien. Enfin une pointe de terre apparaît, des cyprès, quelques maisons, puis d'autres maisons qui se groupent, s'étagent, deviennent d'instant en instant plus nombreuses, s'entassent en une confusion que surmontent des dômes. Çà et là, un minaret se dresse dans l'air humide et terne. La pointe du Sérail est dépassée, la Corne d'Or s'ouvre. Tout devient peu à peu visible. La tour de Galata annonce Péra et sa longue colline où se détache la verdure sombre d'un bois de cyprès. Voici Top-Hané, sa mosquée et son arsenal. Nous sommes dans le Bosphore. Nous en longeons la rive d'Europe jusqu'au palais blanc de Dolma-Bagtché, puis nous virons et, devant Tchéragan, nous venons nous ancrer à côté du stationnaire français le *Vautour*.

*
* *

Nous avons failli ne pas pouvoir débarquer ! Nous avions simplement oublié de nous munir de passeports. Il a fallu recourir à l'entremise de l'ambassade de France ; aussi notre première course est-elle pour aller remercier l'ambassadeur de ses bons offices. Péra : des rues montantes, grouillantes : fez, turbans, chiens à poil jaune, maisons de bois à la turque, grandes bâtisses, banques ou hôtels, un cimetière ombragé de cyprès poussiéreux, des échappées sur la mer, quelque chose de puissant, de fiévreux, de sordide, de cosmopolite. Enfin l'ambassadeur, M. Constans, veston bleu, rosette rouge. Dans l'antichambre les beaux kawas, à ceintures empoignardées, pourpres, tout dorés !

*
* *

La piécette de péage versée, la voiture roule sur le pont de Galata, dont la vieille carcasse gronde avec un bruit de ferraille. Adossés au parapet, accroupis en postures de pitié, les mendiants tendent la main. Des sifflets et des sirènes de bateaux déchirent l'air. Au bout du pont se dresse la mosquée de Yéni-Validé. Au bas de ses marches, les décrotteurs et les cireurs de bottes attendent le client auprès de leurs boîtes de cuivre... Plus loin, on loue des chevaux. La voiture suit des rues tantôt populeuses, tantôt désertes, puis nous voici devant Sainte-Sophie, énorme, soutenue par ses arcs-boutants, qui en font une sorte d'infirme architecturale. Sa beauté est toute intérieure. La majestueuse et magnifique coupole vous domine de sa courbe puissante et se creuse harmonieusement. Sous le badigeon qui les recouvre les grands anges des mosaïques apparaissent comme voilés de songe. De ses luxes byzantins, Sainte-Sophie n'a gardé que la splendeur de ses marbres. A la voûte, les lampes balancent leurs godets de verre, dans des armatures de fer. Des nattes couvrent le pavage invisible. Çà et là des fidèles accroupis ou prosternés prient, ou récitent le Coran. Parfois, dans un silence, on entend passer le vol d'un pigeon, et, longtemps, nous avons erré sur les nattes jaunes, au pas maladroit de nos babouches d'emprunt.

*
* *

La place de l'Hippodrome, l'Atméidan, étale son vaste rectangle d'où jaillit le tronçon en spirale de la Colonne Serpentine. Sous des platanes, de bons Turcs boivent le café ou fument le narghilé. Au bout d'une large cour, dallée de marbre et entourée d'arcades, la mosquée du Sultan Achmet bombe son dôme turgide qu'accompagnent six minarets. A l'intérieur, de belles faïences à fleurs et à caractères donnent une impression de fraîcheur. Les parties de revêtement qui manquent sont imitées en stuc peint...

*
* *

Je suis allé rendre visite à Pierre Loti, à bord du *Vautour*. J'avais à lui remettre une lettre d'introduction de la part de José-Maria de Heredia. J'ai trouvé un petit homme au teint colorié, la bouche dissimulée sous une forte moustache, au menton carré, aux cheveux en brosse. Il se tient cambré, la poitrine en avant, piété sur de hauts talons. Il parle d'une voix minutieuse et basse. Il est mystérieux, plein de réticences, prudent, poli, un peu maniéré. Nous sommes dans un minuscule salon, tendu d'étoffes, orné de bibelots d'Orient.

On y respire une odeur d'œillets et d'encens. A la paroi, le moulage en plâtre d'une stèle funéraire turque, qui est celle d'Aziyadé. A côté, dans un cadre, derrière une vitre, épinglées comme des papillons, les nombreuses décorations du marin et de l'Académicien. Il donne l'impression de quelqu'un de très orgueilleux et de très timide. Nous causons. Il m'offre des cigarettes. La fumée emplit l'étroite pièce. Involontairement, on baisse la voix en s'entretenant avec Loti, tant ses phrases les plus simples ont quelque chose de confidentiel. Cet homme qui a tant écrit sur lui-même donne l'impression que ce qu'il dit, il ne l'a jamais dit à personne. C'est son charme. Il y en a un même, à l'entendre s'excuser de lire si peu ! Des livres qu'il reçoit, il parcourt à peine une page ou deux et il sait tout de suite à qui il a affaire. Le son des phrases lui suffit. Il ne s'y trompe pas. D'ailleurs, il n'est écrivain que par occasion. Il est peintre, musicien... Il y a, en effet, un piano dans son carré. J'y remarque aussi sur une table un buvard très ornementé et bossué de cabochons. C'est sur cette table qu'il travaille... Il met en ce moment en ordre des notes sur le Japon, qu'on lui a demandées. Pendant qu'il parle, je l'écoute et je le regarde. Il se tient presque immobile. Aucun geste. Parfois, il relève les sourcils. Il est en uniforme. Le courant du Bosphore berce doucement le navire d'une lente oscillation silencieuse, et pourtant Constantinople est là, avec sa rumeur humaine de grande ville, Constantinople qui est un peu sa ville, à lui. Il l'aime et m'offre de m'en montrer certains coins. Ecrira-t-il encore sur Stamboul? Il ne sait. Il fait un geste de la main et ses sourcils se haussent.

*
* *

Une grande place dallée, plantée çà et là de platanes. Un haut portail de marbre, une porte ornée de caractères dorés... C'est la *Sublime Porte*.

*
* *

Ville de vent, ville aérée, ville entre deux mers, que traverse et anime un souffle continuel, où les enfants ont pour principal jouet des cerfs-volants que l'on voit monter dans le ciel, au-dessus des maisons, au-dessus des cyprès, au bout de leur corde molle ou tendue.

*
* *

Le costume des femmes turques, ce large camail qui les enveloppe de ses plis noirs, orangés, verts, jaunes, violets, Venise en a fait, remplaçant le voile par le masque, son habit de joie et de carnaval. D'ailleurs, que de rapports entre la ville du Bosphore et la ville de la Lagune ! Les caïques sont frères des gondoles. Toutes deux ont l'eau pour chemin, pour promenade, mais la petitesse de Venise est plus mystérieuse encore que la grandeur de Stamboul, et Venise n'est-t-elle pas la plus byzantine des deux ?

*
* *

A l'échelle d'Eyoub, au fond de la Corne d'Or, d'où l'on aperçoit la mosquée interdite et les cimetières plantés de hauts cyprès, nous avons pris des caïques pour remonter la rivière des Eaux douces d'Europe. Ils sont légers et dociles à la rame, ces caïques, et bientôt on navigue dans un encombrement qui nécessite toute l'adresse des caïdjis. Les caïques pressés se touchent presque. Quand ils risquent de se heurter, les rameurs les écartent de la main ; ils obéissent à la moindre impulsion. Ils sont pleins d'hommes et de femmes de tous âges et de toutes conditions. Il y a là des Turcs en redingotes correctes et en fez bien repassés, des Turcs en larges pantalons et à gros turbans. Toutes les femmes sont voilées, sauf les Arméniennes et les Grecques qui vont le visage découvert. Elles portent toutes ces mêmes camails qui diffèrent seulement de couleurs, sombres ou clairs. Jeunes ou vieilles, pauvres ou riches, élégantes ou modestes, elles goûtent toutes ce même plaisir d'aller sur l'eau, prises dans la file mouvante des caïques qui s'enchevêtrent et se frôlent, les uns montant, les autres descendant. Parfois toute la flotille s'arrête, compacte, immobile. On entend un bruit de rames, un frottement de cordages, une chanson rauque. Les deux rives de la rivière sont couvertes d'hommes et de femmes assis sur l'herbe ou qui boivent sous des tonnelles. Tout ce monde est calme et joyeux. Il y a un attroupement autour d'une femme qui vient de tomber à l'eau et qu'on a retirée sous la forme d'un paquet d'étoffes mouillées, d'où sortent, nues, deux jambes et deux cuisses, très blanches...

Peu à peu la rivière, large à son embouchure, s'est rétrécie. Des îlots herbeux la divisent. Des collines jaunâtres et pelées la bordent ; sur la pente paît un troupeau de chameaux, dont l'un, au sommet, détache un instant, sur le ciel clair, sa forme bossue. Plus loin, un pont de bois. Le caïque glisse entre des pilotis humides et moussus. Lentement le soleil décline. La foule des caïques diminue. Beaucoup sont déjà descendus vers la

Corne d'Or, tandis que le nôtre continue d'aller entre des rives rapprochées où poussent quelques beaux arbres. L'air est pur et doux.

A notre tour, nous revenons. Le rameur rame plus vite. Les berges sont maintenant presque désertes. Çà et là quelque vendeur de pâtisserie démonte son éventaire. L'odeur de l'herbe foulée se mêle à l'odeur de l'eau remuée. Les collines riveraines se dessinent sur le ciel crépusculaire. La fraîcheur du soir se fait sentir. Les chameaux sont toujours là, qui paissent. Le caïque rase un îlot herbeux. Là-bas, voici Eyoub dont la mosquée très blanche se détache sur les cyprès très noirs. La Corne d'Or s'étend devant nous. Stamboul s'étage, mystérieux et noble avec ses grands dômes, ses hauts minarets. Les fanaux du pont de Galata s'allument. Le Bosphore se découvre. La nuit vient. Au-dessus de Péra, un grand nuage sombre monte dans le ciel, rapidement.

Il y a eu de l'orage, la nuit, une pluie torrentielle, de grands éclairs dont la lueur découvrait des vues merveilleuses. Toute la côte d'Asie s'illuminait d'un seul coup et, sur ce fond de foudre, apparaissait, noire et comme si elle eût été consumée, la silhouette guerrière du *Vautour* ancré près de nous.

J'ai vu dans la cour de l'arsenal de Top-Hané, auprès des vieux canons rouillés que garde un factionnaire turc, arrêtée, une de ces chaises à porteurs, comme il y en avait jadis beancoup à Constantinople, comme celle où Pierre Loti, dans *Fantôme d'Orient*, emmène la vieille négresse Kadidja, pour qu'elle lui montre, là-bas, derrière Stamboul, au delà de la haute muraille de Byzance, sous les cyprès, la sépulture d'Aziyadé...

L'odeur de Constantinople est composite. Cela sent le cloaque, la friture, le jasmin, l'encens, la poussière, le vent...

Comme Venise, Constantinople a ses pigeons. Ils y sont innombrables et familiers. Partout l'on entend leur douce rumeur. Ils environnent les mosquées du bruit de leur vol. Ils piétinent sur le marbre des dalles. Leur roucoulement se mêle au murmure sourd ou clair des fontaines. Sur les petites places où sont les cafés, à l'ombre des glycines grimpantes ou des platanes aux larges feuilles, ils vont et viennent. Je les ai aperçus, du dehors, dans la cour de la mosquée défendue d'Eyoub où des gens à turbans égrènent leur chapelet, tourbillonner. Dans Sainte-Sophie, ils entrent par les fenêtres que ferment des treillages de marbre. Ils volent sous l'énorme coupole. Là, ils ont un air théologique. Ils évoquent à la pensée les vieilles querelles religieuses de Byzance sur le Père, le Fils et le Saint-Esprit. Des trois personnes de la Trinité, ils sont comme le symbole de la Personne ailée.

De toutes les mosquées de Stamboul, celle que je préfère peut-être, c'est la mosquée Mehmed-Zoccoli. Elle est située non loin de la place de l'Atméidan, dans une rue très en pente et déserte que bordent des maisons fermées et silencieuses et un long mur, percé de trois fenêtres grillées. Ces trois fenêtres donnent sur un cimetière planté de cyprès, tout vert d'herbe. A travers les grilles de fer ouvragé, cette verdure solitaire et secrète est délicieuse. Les vieilles stèles enturbanées se penchent les unes sur les autres et semblent tenir des conciliabules mystérieux. Elles avoisinent la mosquée qui les protège.

Pour y arriver, on suit une sorte de passage qui conduit àune cour carrée qu'entourent des arcades de marbre. Au milieu s'élève une fontaine octogonale surmontée d'un toit qui abrite l'eau, une eau captive d'une dentelle de ferronnerie et qui, dans une rigole circulaire, s'échappe par d'étroites gouttières. Eau singulière dont on ne voit pas le bassin et dont on entend le bruit doux et limpide sous les quelques platanes poussés dans le dallage disjoint où passe l'ombre volante des pigeons.

Qu'elle est charmante, cette vieille cour, et elle est habitée! Sous ses arcades, des gens logent. Il y a des petites boutiques. Un barbier est occupé à raser un client. Des enfants jouent.

Les pigeons roucoulent. L'eau fuit, claire et chantante. Le soleil filtre à travers les feuilles.

Babouches aux pieds, nous entrons dans la mosquée. Les murs sont revêtus de faïence. Des fleurs émaillées se découpent sur un fond blanc avec une variété de dessin admirable. Fleurs bleues, fleurs rouges, elles s'enlacent, s'isolent. Comment dire le charme frais de ces fleurs éternelles ! Elles donnent à cette mosquée la grave et douce beauté d'un jardin de prière. Elles contrastent avec la vieillesse usée des marbres, avec la laine fatiguée des tapis, fleuris eux aussi et dont la couleur fanée s'accorde avec la teinte d'automne des plafonds de bois sculpté.

Quand nous sommes partis, le soleil déclinait. Dans la cour, un homme se lavait le visage au filet d'eau de la fontaine. Nous avons retrouvé la rue en pente, les trois fenêtres du long mur qui s'ouvrent sur la verdure et sur les tombes. Dans la rue solitaire, il n'y avait qu'un passant. Il était vêtu d'une robe d'un jaune éclatant. Deux chèvres se sont écartées devant nous. L'une d'elles portait à son cou un collier de verroterie.

*
* *

Loti nous a invités à passer la soirée à bord du *Vautour*... Nous y avons trouvé une dame turque et sa fille, toutes deux vêtues à la mode de Paris et non voilées, la fille jolie avec de beaux yeux, aux grâces un peu lourdes. La fumée des cigarettes remplissait l'étroit salon où le thé était servi par deux magnifiques Anatoliens vêtus de rouge et tout galonnés d'or.

Nous nous sommes promenés longtemps dans les longues galeries voûtées du Bezestin, sur les dalles descellées, sur la terre battue, dans le coudoiement des passants, à travers le si curieux mélange de gens et d'objets qu'est le Grand Bazar de Stamboul. Une vieille mendiante m'a suivi. Elle me demandait l'aumône, d'une voix monotone et obstinée, avec un sourire sur sa vieille figure, et je sentais sur mon bras l'attouchement, léger, furtif, de sa main ridée qui ressemblait à une feuille sèche.

Des fabricants et des réparateurs de tarbouchs assis devant leurs formes de cuivre ; des selliers et des tisserands ; des marchands d'étoffes et de tapis ; des parfumeurs qui vendent de l'essence de roses ; des bijoutiers qui vendent des pierres de la Mecque pareilles à des grains de riz où il ferait clair de lune ; des marchands de poissons, des marchands de fruits, des marchands de curiosités chez qui de vieilles armes voisinent avec des œufs d'autruches... Après avoir piétiné des heures devant tous les métiers, tous les étalages, toutes les échopes, on éprouve le besoin de quitter ce labyrinthe du Bezestin et de marcher un peu par les rues. Il y fait bon, quoiqu'elles ne soient pas belles, ces rues turques, à la fois grouillantes et paresseuses, mais souvent on y rencontre, à l'angle d'un carrefour, quelque antique fontaine délicatement sculptée ; on y longe un mur où, par une ouverture grillée, on aperçoit la verdure d'un jardin qui est une sépulture où quelques stèles inclinent leurs turbans de pierre. Soudain aussi, c'est une échappée sur la Corne d'Or et la Marmara, ou bien quelque petit café qui vous accueille sous sa treille de glycine ou à l'ombre de ses platanes. On vous apporte un narghileh. Des colombes volent ou roucoulent. Devant vous se dresse une grande mosquée de marbre. Des chiens dorment à vos pieds. Le lieu est populaire, sans beauté, mais il dégage une impression de repos, de mélancolie, ce charme particulier, fait de l'odeur de l'air, de la forme des choses, de tout ce qui compose l'attrait mystérieux de Stamboul, qu'on n'oublie plus quand on l'a, une fois, ressenti...

Avec sa façade revêtue de faïences bleues, Tchinli-Kiosk a, dans son architecture, quelque chose de l'élégance vénitienne. A l'intérieur, diverses sculptures, des figurines, des vases, quelques tapis et une fontaine formée d'une sorte de niche où est figuré en faïence bleue un grand paon ornemental, fontaine où manque l'eau qui y coulait jadis et dont l'émail luisant semble avoir conservé l'humidité et comme le reflet.

Au cimetière de Scutari. Il couvre le sommet d'une colline de son bois de cyprès, et ce bois funèbre est assez vaste pour que l'on puisse s'y égarer. Le chemin que nous suivons est pavé de grosses pierres. A droite, à gauche, s'élèvent des sépultures. Il y en a de très anciennes et de toutes neuves. Celles des hommes consistent, pour la plupart, en une stèle surmontée du turban ou du fez. Les stèles des femmes sont sculptées de fleurs et souvent quelque poésie y est inscrite. De ces sépultures, faites en marbre ou en pierre, les unes sont grisâtres ou moussues, les autres peinturlurées de vives couleurs. Certaines sont entourées d'une petite grille. Mais ce qui leur donne un aspect vraiment singulier, c'est que presque aucune n'est droite. Elles s'inclinent en avant, en arrière, de côté, se penchent légèrement ou semblent prêtes à tomber. Ce champ des morts est plein d'un muet tumulte de résurrection. On dirait que les cadavres ont bougé dans la terre et commencent à se soulever. Le silence pèse sur ce mouvement immobile. Les cyprès montent droits dans la lumière, rigides, avec leurs troncs décharnés et leur feuillage impérissable... Maintenant, nous avons laissé le grand chemin et nous marchons à travers les tombes. L'herbe est haute, épaisse, abondante et chaude, car il est midi. Des ombelles blanches se balancent, pareilles à des petits turbans végétaux. Parfois, l'herbe cache quelque trou profond. Elle recouvre des dalles descellées qui oscillent sous les pas. Les cyprès forment parfois des carrefours, avec des perspectives d'allées qui ne vont nulle part. Nous nous sommes arrêtés à l'un de ces carrefours. Autour de nous, ce ne sont que des tombes, étranges, titubantes, à qui leurs turbans de pierre font des silhouettes humaines, des tombes qui ont, en leur désordre, un air de bousculade et de révolte et sur qui semble souffler le grand vent de l'éternité !

⁂

Au cimetière d'Eyoub. Il domine un admirable paysage sur la Corne d'Or et les Eaux douces. On y monte par un chemin bordé de tombes. Elles s'étagent sur les pentes, se groupent, s'isolent. Le lieu est désert. Les hauts cyprès se dressent dans l'air immobile. Il est six heures. Nous rencontrons un homme qui fait paître un grand bouc aux cornes recourbées. En revenant, nous traversons le quatier juif. Les femmes y ont le visage découvert. Les hommes portent le turban et la longue lévite bordée de fourrure. Les enfants grouillent, innombrables.

Interminable course en voiture pour aller à Yédi-Koulé, par des rues populeuses ou désertes, coupées de fondrières, mais il n'y a pas d'obstacles pour les cochers turcs et nous arrivons enfin à la formidable muraille byzantine qui entoure Constantinople. A l'endroit où nous sommes, elle se dresse énorme, intacte en ses blocs de marbre et forme là le Château des Sept Tours. Nous montons au sommet de l'une d'elles, la tour dite de Constantin. Le parapet manque ; l'herbe pousse entre les blocs. Descendus, nous nous trouvons dans une vaste cour au milieu de laquelle est un vieux tombeau et dont on sort par une porte monumentale. A droite et à gauche, la muraille se prolonge en bastions massifs.

Nous l'avons suivie longtemps, et voici que nous la retrouvons dominant l'étroite rue du Phanar, démolie par places, mêlée à des constructions parasites qui s'y accrochent, s'y attachent, l'utilisent. Par instants, elle reparaît nue et formidable. Il est tard. Les chevaux pressent l'allure. Des maisons sombres, d'aspect rébarbatif, dont certaines semblent très anciennes. Beaucoup montrent, clouée au-dessus de la porte, selon l'usage grec, la couronne printanière. Les fenêtres sont pourvues de barreaux de fer. Parfois, entre deux maisons, par une fente étroite, la mer apparaît. Tout ce quartier a un air méfiant, renfermé, sournois.

*
* *

La danseuse qui doit danser pour nous, ce soir, est arménienne. A dix heures, nous accostons à l'échelle de Top-Hané et nous montons vers Péra. Après avoir parcouru des rues pleines de monde, nous en prenons d'autres solitaires, obscures. Nous allons ainsi assez longtemps. La lune brille au ciel. Nous sommes dans un faubourg écarté. Les maisons s'espacent. Enfin la voiture s'arrête devant une maison isolée.

On nous ouvre et nous voici dans une grande salle qui ressemble à une salle d'auberge ou de cabaret de province. Une lampe à pétrole est suspendue au plafond. Loti est là qui nous attend. Il a quitté pour venir ici le dîner de l'ambassade. Il est en habit, une fleur à la boutonnière.

Voici l'Arménienne. Elle est vêtue d'un pantalon bouffant et d'une veste de soie d'un rouge vif. Elle porte une aigrette dans les cheveux. Elle a un beau visage aux yeux sombres, au nez fort, à la bouche souriante. Elle est jeune, un peu grasse. Elle danse et elle chante. Ses chansons sont rauques et passionnées. Elle les mime en dansant et en accompagne les syllabes rudes de mouvements brusques qui ne sont pas sans une certaine grâce, à la fois sauvage et maniérée.

Nous sommes revenus avec Loti jusqu'à l'échelle de Top-Hané, et là nous lui avons dit adieu. Comme nous partons dans quelques jours pour Brousse, il nous a chargés d'une commission pour l'iman de la Mosquée Verte : il s'agit de lui remettre un petit paquet soigneusement ficelé que Loti nous confie avec mystère. Il se dit épié, surveillé, espionné en cette Turquie qu'il aime, où les femmes lisent ses livres, comme en témoigne cet exemplaire d'*Aziyadé,* prêté à l'une d'elles et qui lui fut rendu, les pages usées et fatiguées, du feuilletement de mains nombreuses.

*
* *

Nous avons remis à l'iman le petit paquet de Loti. Franchi le grand portail de marbre et la grille basse enjambée qui en garde le seuil, babouches aux pieds, nous pénétrons dans la mosquée. Elle est verte, cette Yéchil-Djami, mais elle est bleue aussi. Les faïences qui la revêtent ont la couleur d'une gorge de paon. Elles s'ajustent en carreaux de forme octogonale sans autre ornement qu'une arabesque centrale, d'un or effacé que surmontent, en frise, des caractères. Le Mihrab est décoré des mêmes faïences, ainsi que les trois loges qui lui font face, celle du Sultan, celle des poètes et celle des femmes.

Elles se creusent bleuâtres comme des grottes marines. Rien de plus riche et de plus noble que ces céramiques. Sur le sol, des tapis. Au centre de la mosquée un bassin de marbre, où s'élève une petite colonne dorée en forme de château. Ce furent des céramistes persans qui apprirent leur art au merveilleux artisan qui revêtit la

Yéchil-Djami de sa merveilleuse tenture d'émail. Il s'appelait Mohammed et signa son œuvre Mohammed le Fou par ce sentiment d'humilité particulier aux musulmans et qui pousse leurs architectes à ne point chercher la symétrie complète, afin de ne pas atteindre à la perfection, qui est le propre d'Allah. La tombe de ce Mohammed le Fou est au cimetière des poètes dont on aperçoit, de la terrasse où s'élève la mosquée verte, les cyprès aigus.

Nous sommes revenus de Brousse nous embarquer à Mudiana. Mudiana n'a guère qu'une seule rue, et qui longe la mer, de ses maisons basses où s'ouvrent des cafés et des boutiques, pauvres boutiques de fruits, de légumes, de poteries grossières, humbles cafés où fument et boivent des gens accroupis. Des ânes passent chargés et leurs sabots durs piétinent la terre sèche. C'est la fin d'une belle journée. Un minaret s'amenuise dans le ciel clair. Un muezzin y chante la prière. Au bas un petit cimetière, quelques tombes, des cyprès.

II

Ce n'est plus la *Velleda* qui est ancrée à quelques encablures de *Vautour*, c'est le *Nirvana* qui, aux premiers jours d'août, de cette année 1906, nous a ramenés à Constantinople ; mais cette fois ce n'est pas, comme en 1904, devant Dolma-Bagtché que nous avons pris le mouillage, c'est en face de Thérapia, dans la baie de Béicos, tout près de la côte d'Asie, à l'écart du grand courant du Bosphore, de même que notre voisin le *Vautour* qui n'est plus commandé par Pierre Loti. Une fois encore, il a quitté son cher Stamboul et, de ce dernier séjour, il a rapporté son beau roman, *les Désenchantées*. Nous ne le saluerons plus, passant dans sa vedette dont la banquette était recouverte d'un tapis d'Orient, nous ne verrons plus sa silhouette élégante et cambrée, son visage vieillissant, mais rajeuni par des yeux magnifiques et passionnément désespérés.

J'aime les retours sur le Bosphore, au crépuscule, en revenant de Constantinople à Thérapia... On a couru toute la journée le bazar ou les mosquées, à travers l'immense Stamboul et l'on vient s'embarquer à l'une des échelles de la Corne d'Or, à Circadji, à Balouk-bazar ou à Galata. Sur le couchant clair, Stamboul se dessine et se découpe. La pointe du Vieux Sérail s'avance dans la mer. Soudain, c'est le silence, la fraîcheur. On passe le long des navires à l'ancre. On longe Péra. Top-Hané dresse sa coupole et son minaret. Djihan-Guir élève le sien au flanc de la colline. Dolma-Bagtché, tout blanc, se reflète dans l'eau, avant que Tchéragan, tout jaune, s'y mire... Puis ce sont des villages et des maisons, pauvres masures ou grands « yalis », les uns construits à la mode turque, en bois peint de gris ou de rouge, les autres avec des aspects de palais d'un style vaguement italien. Parfois on aperçoit un jardin où, auprès d'une grille, veille un soldat en sentinelle, car les demeures des pachas sont gardées militairement.

Toutes ces maisons, tous ces yalis semblent morts et inhabités, avec leurs fenêtres closes et grillées. Certains semblent très vieux et se penchent sur l'eau. Plus loin, on distingue une place de village, un café, des gens qui fument, quelques femmes assises sous un platane. Par moments, le courant est si violent qu'on n'avance plus. Peu à peu le soir vient. La côte d'Asie semble se reculer. Tantôt le Bosphore se rétrécit, tantôt il s'élargit. Le ciel devient citron et vert. On approche. Enfin la rive s'incurve et la baie de Thérapia apparaît. En face celle de Beïcos arrondit sa courbe et on y distingue, à l'ancre, le *Vautour* et le *Nirvana*.

*
* *

La rue qui monte au Bezestin est étroite et bruyante, bordée de boutiques. Outre les boutiques, il y a des marchands ambulants qui se pressent de chaque côté de la rue et s'installent même au milieu, jusque sous les pieds des chevaux. On vend là toutes sortes de bibelots, des œufs rouges qui en contiennent six autres de taille diminuante, des quenouilles de maïs, que sais-je encore ? tout cela sous un soleil qui rend bien agréables l'ombre et la fraîcheur voûtées du bazar. Le long des comptoirs nous marchons sur un sol noir et dur. Debout sur un tréteau, un homme pour nous la montrer, a tiré du fourreau la longue lame courbe d'un sabre, avec un geste guerrier d'une noblesse assez farouche. Plus loin, une dispute dans le bazar des étoffes, met aux prises des drogmans. L'un d'eux armé d'un grand bâton gesticule et frappe. Le groupe querelleur s'agite dans un poudroiement velouté et bleuâtre. De la voûte tombent de longs rais de lumière qui tranchent l'air.

Nous sommes allés, un matin, en souvenir de Loti, nous promener à Beïcos, dans cette « Vallée du Grand Seigneur » dont il parle dans les *Désenchantées*. C'est la première fois que nous débarquons sur la côte d'Asie d'où nous entendons retentir, chaque soir, le hurrah que les soldats turcs, cantonnés dans le village, poussent en l'honneur du Padischah. J'ai dans l'oreille cette clameur brusque et farouche qui nous arrive jusque sur le *Nirvana* et dont, toute la nuit, semble un écho divisé et répété le cri monotone des sentinelles, ce cri rude et triste qui s'éloigne, se rapproche, se tait, recommence, cri de méfiance et d'alerte qui donne à cette rive je ne sais quoi de guerrier et de barbare.

C'est cependant un endroit bien tranquille que Beïcos. Le Bosphore clapote doucement le long du quai. Nous voici sur une route bordée de grands platanes. Quelques fumeurs, à un petit café, nous regardent passer. Un chien jaune nous suit un instant. La route s'engage dans une vallée entre des prairies, dont l'herbe est sèche et où se dandinent des troupeaux d'oies. Il fait chaud. La vallée se resserre peu à peu. Un mince ruisseau passe sous un pont de pierre. Une chèvre, debout sur ses pattes de derrière, grignote à une haie poudreuse quelques feuilles blanchâtres. Il y a des mûres dans cette haie. Au retour nous avons croisé un enfant monté sur un âne... Était-ce le « Grand Seigneur » dans sa vallée ?

Nous sommes allés en caïque jusqu'au fond de

la Corne d'Or par une fin de journée grise et tiède. L'eau était immobile. A l'occident le ciel s'est éclairci et a jauni doucement.

Stamboul s'étageait énorme. Ses dômes, ses minarets bombaient et s'effilaient. Nous distinguions ceux de la Suléimanieh, ceux de Chah-Zadé, et tout au fond ceux d'Eyoub. Tout cela était grand, calme, magnifique, en cette lumière apaisée. Entre Stamboul et Galata circulaient de nombreux caïques, très chargés. C'étaient les marchands du bazar qui, le soir venu et leurs boutiques fermées, rentraient à Péra.

J'ai voulu revoir le cimetière d'Eyoub. Le pont de Galata traversé, nous avons gagné le Phanar et Balata. L'antique muraille byzantine domine la rue, parfois presque intacte, ailleurs effondrée de brèches profondes. Ce quartier grec avec ses maisons carrées et massives qu'ornemente parfois un arc de porte sculpté, aux façades percées de fenêtres étroites, a un air secret et rébarbatif que n'ont pas les masures en bois du quartier juif de Balata. Puis les habitations s'espacent. La Corne d'Or apparaît. Nous approchons et nous atteignons un long mur jaune le long duquel passent par groupes des femmes strictement voilées, en robes violettes ou noires. Après ce mur, un autre que dépassent des cyprès. Dans ce mur, une porte, ouverte sur une cour bordée d'arcades avec, au milieu, une fontaine, déserte.

Soudain, nous nous trouvons au milieu d'une foule sur une place qui est un marché. Des boucheries exposent des viandes... Il y a des étalages de fruits et de légumes. Des cafés. Il y a beaucoup de monde sur cette place, beaucoup de turbans, quelques soldats, des femmes très voilées. La voiture avance au pas. Nous sommes devant la mosquée d'Eyoub, que précède une vaste cour dallée où des gens sont accroupis. Des pigeons se posent, s'envolent. Dans un coin de la cour, il y a un grand arbre

Nous avons quitté la voiture pour monter au cimetière. Un chemin pavé y conduit. Sur le talus qui borde la pente rude, les stèles s'inclinent, les unes en avant, les autres à la renverse. Les cyprès se dressent. Des mendiants tendent la main. Nous nous sommes écartés pour laisser passer un enfant monté sur un petit cheval. A mesure qu'on avance la vue s'étend. Au bas c'est Eyoub et sa mosquée, au fond de la Corne d'Or, les collines pelées et jaunâtres entre lesquelles coule la rivière des Eaux douces d'Europe.

A des pas derrière nous, nous nous retournons. Des gens qui viennent nous font signe de nous écarter. Nous grimpons sur le talus, pour les laisser passer. C'est un cortège que composent une vingtaine d'hommes et de femmes, précédés d'un personnage accoutré d'oripeaux bizarres et qui porte à la main une sorte de hallebarde. Ils marchent vite et disparaissent à un tournant.

Nous avons quitté le chemin et nous montons maintenant à travers les tombes et les cyprès. Du sommet de la colline, ce n'est plus seulement la Corne d'Or qu'on aperçoit. On découvre aussi une petite vallée que dominent les vieux murs et les tours de marbre de l'enceinte byzantine, et qu'un aqueduc traverse de ses arches. Pendant que nous étions assis pour nous reposer, un vieux Turc s'est approché de nous et s'est mis à nous parler avec animation. Puis il s'est éloigné. Il est revenu au bout d'un instant, en portant de l'eau dans une sorte d'arrosoir et il nous a offert à boire.

⁂

Souvent le matin, vers la même heure, du pont du *Nirvana*, je vois un groupe de grosses barques qui remontent le Bosphore, menées par un remorqueur. C'est la flottille qui va, chaque jour, chercher l'eau que boit le Sultan.

Pour aller à la Vallée des Roses, on prend à Thérapia la route qui longe le Bosphore. Elle est étroite avec des tournants brusques, encombrée de voitures, de cavaliers. Peu à peu le Bosphore s'élargit. La mer Noire apparaît. La route devient mauvaise et passe sous de beaux arbres. Le lieu se fait sauvage et pittoresque, le terrain monte. A mi-côte de la colline, des voitures sont arrêtées devant un mur jaune qui soutient une terrasse et, dans ce mur, une niche est creusée où coule une fontaine. Un escalier conduit à une sorte d'esplanade ombragée de grands platanes et fermée par le mur d'une seconde terrasse. Sur cette esplanade, il y a des tables de bois, des chaises de paille. Quelques-unes sont occupées. Hommes coiffés du fez, femmes grecques ou arméniennes, le visage découvert. Tous ont devant eux des tasses de café et de hauts verres remplis d'eau. L'eau d'ici est réputée. Tous ces gens sont paisibles, presque immobiles, parlent peu. Ils jouissent du silence, de l'ombre, de la fraîcheur. Un marchand va de table en table, il vend des noix. Dans un kiosque quelques musiciens grattent des instruments à notes grêles et presque fausses qui accompagnent une voix nasillarde. Tout cela est bien ordinaire, bien médiocre, et cependant on resterait là indéfiniment. Ce pays a son charme et, en son âpreté, donne une impression de langueur et de repos...

... Nous sommes revenus par Buyuk-Déré qui est un gros village, le long du Bosphore, dont parfois entre deux maisons, à travers une treille en tonnelle, on aperçoit l'eau bleue, puis les maisons se rapprochent, se collent les unes aux autres. Des boutiques de fruits offrent leurs éventaires. Sur les seuils des gens nous regardent passer. Dans une rue en pente le lit d'un ruisseau est marqué par des cailloux. Sur le quai beaucoup de femmes sont assises au bord de l'eau, dévoilées, parce qu'elles tournent ainsi le dos aux passants. Dans l'eau une haute perche se dresse, qui porte à son sommet une sorte de corbeille. C'est une vigie de pêche. Le pêcheur s'installe sur ce siège bizarre. De là, il voit venir le poisson et donne le signal de préparer les filets. A cette heure ces postes de pêche aériens sont vides. C'est la fin du jour ; le paysage prend des teintes magnifiques dans l'air qui fraîchit brusquement.

*
* *

Kavak d'Anatolie est aussi un village de pêcheurs, situé à l'entrée du Bosphore, sur la mer Noire, au pied d'une haute colline au sommet de laquelle est la ruine d'un château construit par les Génois. Kavak est le petit village turc avec son humble pittoresque... Les maisons au bord de l'eau ont d'étroites terrasses qui reposent sur des pilotis. Elles sont grises ou rougeâtres, très vieilles... Nous débarquons.

Des rues étroites, une place ombragée par de magnifiques platanes, et où sèchent de grands filets bruns suspendus aux branches, des chiens jaunes, des légumes et des fruits étalés, des gens, avec l'air oisif et rude, comme j'en ai vu dans certains petits ports en Bretagne. A peine à terre, nous sommes observés par un agent de la police... Comme nous entreprenons de monter vers le château génois, l'homme emboîte le pas courageusement, malgré la chaleur, car il fait chaud maintenant que nous avons quitté le bord de l'eau et l'ombre des grands platanes et la montée est rude... Çà et là, quelques maisons isolées, le silence du soleil. Les pierres roulent sous nos pas. L'agent essuie un front ruisselant. Là-haut, la ruine nous défie, comme calcinée et brûlante. Nous renonçons à l'atteindre et nous redescendons vers le port.

Dans le petit café où nous nous sommes assis, il y a devant nous un homme couché sur une natte. Il est très beau, émacié par la fièvre, les yeux brillants ; il nous regarde sans sympathie. Il doit se demander pourquoi Allah laisse vivre des chiens comme nous. Sur ces entrefaites, l'agent de la police revient accompagné d'une sorte d'officier qui nous réclame nos passeports. Comme nous ne les avons pas sur nous, il faut donner nos cartes. L'homme étendu a cessé de nous regarder, il semble comme perdu dans un rêve, tourné vers l'invisible.

*
* *

Nous sommes arrivés, ce jour-là, très tard, aux Eaux douces d'Asie. Il faisait un temps voilé, un peu gris, et, dans l'après-midi, il était tombé une violente averse. Le Bosphore était très dur, presque houleux, mais comme tout s'est apaisé dès l'entrée de la douce rivière !

A droite, la rive était bordée de grands roseaux. A gauche s'étendait un petit cimetière, où des femmes étaient assises, et dont quelques-unes se levaient déjà pour partir. Plus loin, nous avons passé sous le pont de bois et nous sommes arrivés à l'endroit où se trouve le café. Il était presque vide. On respirait une odeur fade d'eau remuée et d'herbe foulée. Le marchand de gâteaux, qui porte sa marchandise dans une bizarre caisse vitrée, semblait se promener pour son compte. De temps en temps, nous croisions un caïque ou une barque retardataires, quelques femmes voilées, des officiers. Dans un caïque trop élégant, tout doré, un jeune homme se prélassait, seul, la main posée prétentieusement sur le bordage.

Nous sommes allés ainsi jusqu'au bout navigable de la rivière. Il faisait un grand silence. Parfois un clapotis d'eau, un bruit de rame lointaine. Nous avons, je crois bien, été le plus attardé des caïques. A l'entrée de la rivière, dans les hangars d'eau où on les abrite, deux caïdjis remisaient leurs barques. Le nôtre avait un long et gros nez, une veste brodée en forme de boléro, à manches flottantes, des culottes qui bouffaient et des mains énormes dont la pression trop forte semblait avoir causé le renflement des rames tuméfiées.

Table

ACHEVÉ D'IMPRIMER LE 19 AOUT 1926
SUR LES PRESSES DE L'IMPRIMERIE ALENÇONNAISE,
11, RUE DES MARCHERIES, 11
ALENÇON (ORNE)

www.ingramcontent.com/pod-product-compliance
Ingram Content Group UK Ltd.
Pitfield, Milton Keynes, MK11 3LW, UK
UKHW020317180726
13839UKWH00001B/485

9 782329 602875